www.einaudi.it

ISBN 978-88-06-24727-0

Marco Balzano

Quando tornerò

Einaudi

A mia madre

Quando tornerò

Passa sotto la nostra casa qualche volta,
volgi un pensiero al tempo ch'eravamo ancora tutti

MARIO LUZI

Parte prima

Dove sei

«Tu non dovevi nascere».

Questa frase Moma me la ripete da sedici anni. Moma è mia madre, la chiamo cosí fin da bambino. Qualche tempo dopo la prima gravidanza l'avevano operata all'utero e le avevano detto che poteva scordarsi di avere altri figli: per evitare che s'illudesse glielo scrissero anche sul foglio di dimissioni. Forse proprio per questo Moma mi ha sempre amato come una pazza, perché da desiderio senza speranza sono diventato carne e ossa.

Intesi, non che Moma non voglia bene a mia sorella. Angelica, poi, è impossibile non volerle bene: se con me non va d'accordo è solo perché pretende ogni minuto di dirmi cos'è giusto e cosa no. Pensa di poter disporre di me, ma io ormai so cucinare e lavarmi i vestiti. Non ho bisogno di nessuno.

Angelica è organizzata e generosa. Se c'è da lavorare non si tira mai indietro. Anzi, è una che si sacrifica. Un giorno stavo disegnando in cucina con Moma, che da sempre sogna una stanza tutta sua da riempire con cavalletti e tavolozze, e le ho chiesto di dipingere la nostra famiglia come fossimo animali: Moma cavallo, papà lupo, io gatto. Per mia sorella, invece, avevo scelto un corpo d'asino, perché Angelica è cosí, tira la carretta finché non stramazza. «Stai in guardia da quelli che sgobbano senza mai lagnarsi, perché un giorno si stufano e tagliano la corda», diceva nonno Mihai.

Prima Angelica mi stava piú simpatica, andavamo quasi sempre d'accordo. Giocava, scherzava, correva con me tra i girasoli... E soprattutto rimaneva al suo posto. Dopo che Moma se n'è andata, invece, ha iniziato a trattarmi come un'educatrice e questa cosa mi faceva saltare i nervi. «È vero, hai otto anni in piú, e allora?» le ribattevo a muso duro. Angelica non rispondeva. Quando si arrabbia mai che risponda, prende la bicicletta e se ne va per campi. In questo è identica a Moma: quelle due si sfogano sempre altrove e non ti dicono la verità neanche se piangi in cinese.

Insomma, mia sorella è un somaro ma ha cervello da vendere e, come tutti quelli che ne hanno, ascolta tanto e parla poco. Quando per esempio non capisco i comportamenti di mia madre o i silenzi di mio padre chiedo a lei, e dopo averla ascoltata ogni cosa diventa chiara perché Angelica ha un'idea della vita, ragiona sui fatti. Io invece no, sono istintivo. Altrimenti non sarei in questo stato.

Partiamo dall'inizio. Quel mattino ci siamo svegliati come al solito alle sei e ci siamo messi a cercare Moma per tutta la casa. A un certo punto abbiamo persino spostato i mobili, come se Moma fosse un anello o un mazzo di chiavi. Quando papà ha capito che sua moglie se n'era andata davvero, ha cominciato a prendere a calci le porte e a tirare pugni contro il muro. Io invece sono uscito sul pergolato, gridavo cosí forte il suo nome che dopo un po' anche mio padre mi ha ordinato di piantarla.

– Manuel, prendi freddo, torna dentro! – e con le mani callose mi ha afferrato la spalla guidandomi in casa.

Eccole davanti ai miei occhi, le mani di Filip Matei, classe 1972. Aveva lavorato per anni in una fabbrica di carta vetrata, un capannone enorme sul ciglio della strada: sollevava rotoli giganti e stendeva su un tavolaccio di ferro fogli lunghi dieci metri che pungevano la pelle peggio delle spine. A sera si sedeva di fronte alla tv e immergeva le mani in una bacinella piena d'alcol perché l'alcol fa uscire i calli, e i calli proteggono. «Non ti fanno sentire i graffi della colla», mi spiegava a denti stretti sforzandosi di tenerle a mollo. Sono uniche le mani di mio padre, tutti quei calli gli hanno tolto sensibilità e quando per gioco mi tira un pizzicotto sulle cosce non si accorge di farmi male.

Né io né lui, seduti al tavolo della cucina, riuscivamo a parlare. Fuori era ancora scuro e avevamo la faccia rossa per il freddo. La cosa che mi faceva piú rabbia era che Moma non avesse lasciato un biglietto. Chi scappa lascia sempre da qualche parte un pezzo di carta con una motivazione, una frase fatta, una scusa... E se non un biglietto, almeno un messaggio sul cellulare poteva spedirmelo. Invece, nessuna notifica: solo Vlad, il mio compagno di banco, che mi chiedeva perché non fossi sul bus.

Angelica si era truccata e aveva messo i tacchi. Ho sempre pensato che mia sorella si vestisse un po' da battona e che Moma avesse tutte le ragioni del mondo per sbraitarle contro, ma visto il momento ho lasciato perdere.

– Forza, Manuel, andiamo a scuola, – se n'è uscita all'improvviso.

– A scuola?! Ma il bus è partito da un pezzo!

– Entreremo alla terza ora.

Non che volessi scattare come un soldatino, ma in casa non si accendevano i termosifoni da non so quanto e io, dopo essere rimasto per un pezzo fuori sul pergolato, ero cosí intirizzito che senza fiatare mi sono infilato i jeans e la felpa. Soldi non ce n'erano, la fabbrica di carta vetrata aveva chiuso e l'azienda di Moma non pagava piú gli stipendi. Da un anno tiravamo avanti con gli assegni di disoccupazione.

Non so perché alla fine ho dato retta ad Angelica, mio padre mi avrebbe tranquillamente tenuto a casa. Lui non ha la forza di opporsi, figuriamoci in una giornata come quella. Piuttosto, di una cosa potevo essere certo: a sera l'avrei trovato sbronzo.

Sono uscito senza sciarpa, con Moma non sarebbe mai successo: lei con un'occhiata ti ispeziona meglio di un metal detector. A un certo punto Angelica si è fermata e mi ha messo in mano una busta.

– Avanti, leggi, – ha detto prima che potessi capire.

Ragazzi miei, ho trovato lavoro in Italia. Devo andare, altrimenti non potrete piú studiare e a momenti neanche mangiare come si deve. Io invece voglio che viviate con le stesse possibilità degli altri. Discutere con vostro padre è inutile, per questo sono andata via cosí. Non è un bel modo, lo so, ma se non mi fossi precipitata ne avrebbero presa un'altra. Comunque spero di stare via poco. Manderò un po' di soldi a papà e un po' a nonna Rosa, loro vi daranno quel che vi serve. Tu, Manuel, studia e abbi fiducia in me. Tu, Angelica, occupati di tuo padre e di tuo fratello e non volermi male per i sacrifici che ti chiederò. Vi voglio un bene che non so dire. A presto, Mamma.

Abbiamo ripreso a camminare in silenzio e al momento di separarci le ho restituito la busta.

– Scusa Angi, ma perché nel giorno in cui siamo diventati orfani stiamo andiamo a scuola?

– Oh! Non è mica finita sotto un treno!

– Be', la vedremo una volta all'anno, mi sa che un po' morta è.

– Non farà la badante a vita, tornerà presto.

– La madre di Iacob aveva detto che stava via sei mesi ed è in Italia da dodici anni, – ho detto contando sulle dita. – Quando ritorna quella che aveva la merceria ormai nessuno la riconosce, e te la ricordi Georgeta?...

– Ti ho detto che è una situazione temporanea, – ha ripetuto sbuffando.

– Mi spieghi come fai a saperlo?

– E va bene, non lo so! – ha sbottato irritata. – Comunque dobbiamo andare a scuola, mamma è partita per farci studiare, – e mi ha sventolato la lettera sotto il naso.

– Poteva partire papà.

– Papà... – ha sospirato scrollando la testa proprio come un asino.

Quando è arrivato il bus l'ho salutata da sotto la pensilina chiamandola per nome, ma a fatica Angelica ha alzato il mento. L'affetto non lo pratica molto, e se le scappa una parola carina o un abbraccio è per papà, non di certo per me o per Moma.

Ho trascinato i piedi verso la mia fermata, il suo liceo era a Iași, la mia scuola media qui dietro, a Ruscani.

Quel mattino il bus non passava, d'inverno capita che si affossi nelle buche della strada e faccia ritardi colossali, cosí mi sono fatto forza e ho preso per i campi. Che freddo... Senza sciarpa, poi. Mordevo il bavero del giubbotto perché il vento non mi congelasse la bocca. D'improvviso, mentre camminavo, mi è venuta una fitta alla pancia cosí forte da non riuscire piú a muovermi. Ho tirato fuori il telefono per provare a chiamare Moma, ma non mi ha risposto. La segreteria era piena, papà doveva avergliela intasata di bestemmie.

La cosa strana, lí sul ciglio della strada bagnata, mentre i crampi mi piegavano in due, era che per la prima volta non trovavo delle buone ragioni al suo comportamento. Fino ad allora ciò che Moma diceva e faceva era vangelo, invece quel giorno, sarà che sono un istintivo, sarà che «l'adolescenza è un'età di merda, amore mio», le ragioni proprio non riuscivo a trovarle. Voglio dire, capivo che l'aveva fatto per noi e capivo che illudersi che papà trovasse lavoro era da idioti, però poteva almeno consultarmi. Non le costava niente chiedermi: vuoi venire con me? Questo pensavo mentre la neve entrava senza pietà anche nel bavero del giubbotto. D'un tratto però mi ha fatto paura darle torto, e siccome la fitta era diventata piú sopportabile ho ripreso a camminare. Meglio dar retta all'asino: – Mamma vuole che andiamo a scuola, punto! – Cosí ho scrollato la neve dai capelli, accelerato il passo e preso per una strada già bianca ai lati.

Sono arrivato in classe con i jeans inzaccherati e le calze fradicie, giusto in tempo per l'intervallo. Ho scroccato pezzi di merenda a questo e a quello, avevo una fame assurda.

– Sí, non è suonata la sveglia, una nottataccia... – rispondevo a chi mi allungava il panino o mi metteva in mano mezzo biscotto.

Mentre la prof di Scienze spiegava per la venticinquesima volta la fotosintesi mi sono tolto le calze e le ho messe ad asciugare sul calorifero. Tanto quella non si sarebbe accorta manco se mi fossi levato le mutande. L'ora dopo c'era la verifica di Storia e io avevo i piedi ghiacciati e ancora tanta fame.

Non sapevo se i messaggi arrivavano fino in Italia e se Moma li leggesse, ma all'uscita, accucciato sui gradini, le ho scritto: *Oh Moma, ci sei? Vedrai che in Storia arriva un altro votone*.

Mio padre Filip Matei è davvero l'uomo piú imprevedibile che conosca. Pochi giorni dopo la partenza di Moma smette di essere furibondo e comincia a sgomberare la mansarda, che da quando sono nato è solo un gigantesco ammasso di cose vecchie e sporcizia.

Una sera torna a casa con pollo allo spiedo e patate arrosto, fa tre parti, mette il cartoccio in mezzo alla tavola e, come se io e mia sorella non lo sapessimo, inizia a spiegarci che ogni mese Moma gli manderà dei soldi.

– Li userò per ricavare un altro appartamento dal piano di sopra. Costruirò il balcone, cambierò le travi che stanno marcendo e rifarò il tetto. Ma non è finita qui, ragazzi: imbiancherò a calce, metterò il cancello in ferro battuto, pulirò l'aia... Insomma, vostra madre avrà finalmente una casa da signora e un posto dove starsene a dipingere! – conclude entusiasta con l'osso in mano. Io e Angelica non riusciamo piú a masticare, bocca aperta e occhi sbarrati.

Nei giorni successivi guardavo papà con lo stesso stupore con cui osservavo Moma disegnare. Non era piú isterico, lavorava sodo, al telefono con lei era gentile. Progettava, andava per uffici comunali, ferramenta, colorifici... Sembrava un altro. A noi non ci calcolava, è vero, ma non perché non ci volesse bene. Semplicemente l'educazione è sempre stata affare di Moma, tanto che le rare volte in cui lei andava in crisi e chiedeva un consiglio, le ringhiava contro: «Daniela, li hai voluti educare tu? E allora avanti, educa!»

A lavarci i vestiti e a preparare da mangiare adesso ci pensava nonna Rosa. Anzi, prima che sia troppo tardi voglio dire qualcosa anche di lei, di questa donna piccoletta che ho visto soltanto con un vestito scuro, le babbucce di cuoio e un fazzoletto in testa per coprire i pochi capelli rimasti.

Alla nonna piace fare a maglia e curare le piante, passa cosí giornate intere. Siccome suo padre faceva il doganiere è nata a Nisporeni, dietro il confine moldavo, ma si sente rumena come il nonno. Se viene un ospite racconta sempre della sua infanzia in riva alla Nârnova e mostra con orgoglio i diplomi incorniciati di quando lavorava nella fabbrica di scatole e il nonno faceva il trattorista nel kolchoz. Tutti in famiglia sappiamo a memoria cosa c'è scritto su quei diplomi: *Grazie compagno per aver contribuito alla costruzione della società comunista e a lasciare un cielo azzurro sulla testa dei tuoi figli*. Io e Angelica ripetiamo quella solfa anche quando ci passiamo il sale, ci fa molto ridere. Il modo che la nonna ha di volerci bene è non parlare mai dei problemi, ad esempio di sua figlia. Moma, inutile dirlo, è il problema numero uno.

Tutto è filato liscio pressappoco fino all'estate. Era doloroso stare senza Moma, si capisce, ma stringevamo i denti. Papà lavorava in mansarda, la nonna pensava alle faccende domestiche per lasciar studiare Angelica, io a scuola me la cavavo bene e ogni sera Moma ripeteva la promessa che ci dava coraggio: «A luglio tornerò a casa».

E quando in effetti è tornata – i girasoli si erano aperti ed erano un'unica distesa gialla che inondava di luce il paese – mi si è sciolto il cuore. Vederla arrivare sulla strada di ghiaia, seduta sul carro di Marin, con le valigie sprofondate nei mucchi di paglia, è stata un'apparizione. Mi vergognavo di quanto desideravo abbracciarla, avevo paura di sembrare un moccioso. E mi vergognavo di guardarla in faccia mentre la abbracciavo perché in quelle strette ci mettevo tutta la rabbia che mi bolliva in corpo.

Papà le aveva organizzato una festa a sorpresa e Moma ci aveva portato cosí tanti regali che sembrava Natale. Le merendine italiane, buonissime, avevano una confezione talmente bella che una ce l'ho ancora sulla mensola insieme alle scatole di latta del caffè Illy. E poi il cellulare nuovo, le cuffiette bluetooth, il tablet... Era semplice convincerla a comprarci quel genere di cose, bastava dirle: «Cosí sentirsi è piú facile».

L'estate, però, è volata veloce come non mai. I girasoli hanno piegato la testa, nei campi di mais sono rimaste solo le stoppie lucide, l'autunno ha portato i suoi nuvoloni malinconici, la scuola è ricominciata e Moma al telefono non parlava piú di tornare. In classe ero sempre uno dei migliori, passavo i compiti a quella capra di Vlad, con i miei compagni andavo d'accordo e i prof non erano male, ma per dispetto a Moma non volevo andarci. È un'egoista, mi dicevo. Va bene, sgobberà pure dietro a quel vecchio, ma intanto vive in una città stupenda e chissà quante cose farà. Se non le passa per l'anticamera del cervello di portarmi con lei a Milano vuol dire che, a differenza di quello che ho sempre creduto, è proprio una stronza.

Ma non era soltanto questo, era tutto l'insieme. Angelica che voleva fare la capofamiglia era ridicola, certi giorni le avrei mollato due schiaffi. Papà si era stufato in fretta di ristrutturare, non si alzava piú all'alba e se prima di uscire lo andavo a svegliare tirava fuori scuse penose: «A quest'ora fa troppo freddo, il cemento non si impasta», e si girava dall'altra parte. Restava fino a sera sul divano a guardare gli incontri di wrestling e protestava di non riuscire a trovare lavoro. Lo sentivi borbottare: «Era meglio quando c'era Ceaușescu...» A nonna Rosa ero grato per come si occupava di noi e per tutte le cose che ci cucinava – non per niente aveva fatto anche lei la badante a Mosca –, ma non sempre avevo qualcosa da dirle. A volte le davo una mano ad annaffiare le piante perché anch'io volevo imparare a curarle. Quando stavo in casa con lei, però, parlavo piú che altro col gatto. Insomma, mi sentivo strano, storto, in una parola: solo. Non avevo voglia di uscire con gli amici o di andare sul lago con la bicicletta, tutto quello che fino a poco tempo prima mi divertiva, adesso non mi divertiva piú. Se un amico mi invitava a fare un giro o mi veniva a chiamare per una partita a pallone rispondevo che ero impegnato. Sapevo che a furia di fare cosí nessuno mi avrebbe piú cercato, ma non riuscivo a essere diverso.

Mi sentivo in pace solo con nonno Mihai. Stavo bene nell'orto a eseguire i compiti che mi dava: strappare le erbacce, fare delle piccole buche per piantare i semi dei pomodori, bagnare la terra. Oppure mi chiudevo nel vagone. Non sto scherzando, nonno Mihai nel suo orto aveva un vecchio vagone comprato per due soldi al deposito della stazione. Da piccolo, quando arrivava l'ora di cena e non volevo rientrare a casa, andavo a imboscarmi lí dentro. Ci teneva di tutto, dal rastrello alle tronchesi, dalle scatole di latta alle fiaschette di grappa, e in un angolo pile su pile di vecchi giornali sovietici.

– Hai voglia di tornare bambino?

– Tu non ti sei mai chiuso qui?

– Tanti anni fa avevo giurato a tua nonna di smettere di fumare, cosí ogni tanto ci venivo per una sigaretta...

Il nonno si era reso conto che qualcosa non andava. A differenza di mia sorella che pretendeva di comandare, di mia madre che investigava a distanza e di mio padre che non si accorgeva proprio della mia esistenza, lui mi stava vicino senza farmi pesare la mia pesantezza. A volte cercava di capire cosa mi passava per la testa, ma cosí, distrattamente, potando la siepe.

– Cosa ti piacerebbe fare? – mi chiedeva. Se scuotevo le spalle lasciava perdere, ma dopo un po' insisteva di nuovo: – Avanti, ragazzo, tutti vogliono fare qualcosa –. Allora, raccogliendo da terra i rami e le foglie per non doverlo guardare in faccia, rispondevo che la scuola mi aveva stufato. Oppure gli confidavo che avrei voluto che Moma tornasse indietro, o che mi portasse con sé. Nonno Mihai rimaneva un po' a ragionare guardando il cielo e alla fine concludeva: – Allora dobbiamo trovare un modo.

Comunque, anche se la noia e la rabbia mi arrivavano fin sopra ai capelli, a scuola ci andavo lo stesso. Per un altro anno ho camminato sulla strada di ghiaia prima di imboccare il sentiero per Ruscani. Il bus non lo prendevo piú, uscivo presto e me la facevo a piedi. Il nonno approvava: «Camminando si risolve ogni problema», diceva. Per strada, con le cuffie nelle orecchie, pensavo a Moma, a come stava e a cosa faceva. Se fosse stata qui magari non le avrei rivolto la parola e senz'altro avremmo anche litigato, ma averla accanto avrebbe cambiato tutto. La vita è solo questione di starsi vicini, come i conigli nell'aia quando fuori si gela.

In casa era tutto un coro di «l'ha fatto per noi», «dobbiamo dirle grazie», «che vitaccia che fa per la famiglia»... A me quelle frasi non convincevano neanche un po'. E quando a pronunciarle era mio padre – «pulisce il culo ai vecchi pur di farti studiare» – volevo rispondergli: e per pagare le birre che ti scoli sul divano.

Odiavo che di lei mi rimanessero soltanto i vocali che ascoltavo andando a scuola e la videochiamata dopo cena. Anche perché Moma, in quelle telefonate serali, chiedeva centomila volte le stesse cose e se ne usciva con commenti tipo «Forse ti sta crescendo la barba», oppure «Mi sembri pallido», «Perché hai su quel maglione se hai detto che hai messo i pantaloni scuri?» E sarà mica uno spasso sorbirsi ogni santo giorno conversazioni del genere. Lei, è chiaro, faceva cosí perché era ansiosa di avere tutto sotto controllo, ma se te ne vai in un altro Paese dovrai pur rassegnarti a non sapere se ho le calze abbinate alla sciarpa! Se aggiungiamo che di sé non raccontava mai niente – «sí sí, qui tutto ok», diceva con un sorriso finto – è chiaro che quelle telefonate erano una vera rottura di palle. Anche perché a nessuno di noi piace stare al telefono. Papà ancora adesso fa fatica a rispondere ed è già buono se ti richiama il giorno dopo. Io e Angelica chattiamo, non ci piace parlare. A nessuno dei nostri amici piace. Cosí a Moma rispondevo solamente per non beccarmi la predica da mia sorella. Ma, a lungo andare, lo sforzo era talmente grande che non mi uscivano le parole, sbuffavo e mi limitavo ai monosillabi. Insomma, se per me era diventata una seccatura, anche per lei non doveva essere chissà che parlare al telefono con suo figlio.

La cosa peggiore, però, è che Moma passava sopra a tutto. E io, all'idea che non mi rimproverasse, esasperavo quei modi. Mi sforzavo di odiarla per essere amato. Proprio lei, quella che aveva la pazienza di chiarire tutte le incomprensioni: «Finché non ci capiamo non si va da nessuna parte!» ripeteva sempre. Ed era vero. Se prima non si trovava la quadra non ti faceva alzare da tavola, era vietato guardare il cellulare, non potevi neanche andare a pisciare! Il contrario di mio padre, che menava le mani oppure se ne andava al bar. Se Moma si spolmonava a furia di spiegare le sue ragioni e di trovare una soluzione, papà restava sul divano con le braccia conserte e le narici larghe. Poi d'improvviso scattava in piedi e usciva sbattendo la porta. Dalla porta che sbatteva alla vecchia Dyane che si allontanava alzando polvere e rabbia, passavano otto secondi netti.

Io, devo riconoscerlo, sono come papà. Magari non proprio uguale, ma vado d'accordo con le persone finché mi sento compreso, altrimenti lascio perdere. Ecco cos'era successo a me e Moma: avevamo gettato la spugna. Il tempo dei giri in macchina a sbrigare commissioni, musica dalla radio e finestrino abbassato, quello delle serate davanti alla tv a guardare le serie o le domeniche pomeriggio in cui si metteva di fianco a me a fare i compiti, non sarebbero piú tornati. Adesso, anche attraverso gli schermi dei cellulari, si vedevano solo le nostre facce deluse. Un silenzio sconosciuto ci schiacciava e io non sapevo proprio che fare.

Intanto mia sorella aveva preso il diploma e si era iscritta ad Architettura. Faceva avanti e indietro da Iași per non lasciarci soli, forse era Moma che la obbligava a fare cosí. Le lezioni finivano alle cinque e Angelica era sempre su quel bus perennemente in ritardo. Riusciva a studiare poco ed era diventata scorbutica. Non dava piú ordini, eseguiva ogni cosa: scaldava il cibo che portava la nonna, ci metteva il piatto davanti – come ai cani con la ciotola – e se ne andava a stendere i panni. Secondo me un buon modo di misurare il nervoso è osservare come le persone chiudono i cassetti: mia sorella li faceva sbattere molto forte.

Ormai parlavo con Moma soltanto se Angelica mi passava il cellulare. Le rare volte che chiamava sul mio, metteva le mani avanti: «Ti disturbo?», «Hai voglia di parlare un po'?», «Preferisci che ci sentiamo dopo?» A quelle domande rispondevo sempre con altre. Lei: «Tutto bene coi nonni?» Io: «Mi spedisci un'altra felpa della Nike?» Sembrava stanca, aveva occhiaie larghe e azzurrognole, ma non le dicevo niente perché da uno schermo non si può mai capire la verità. Ma la cosa piú stupefacente di quelle telefonate erano certe frasi assurde dette con una convinzione esagerata: «Al massimo tra un anno smetto di fare questo lavoro», «Milano è bella ma si sta meglio a Rădeni», «Vedrai che il liceo ti renderà felice». Riusciva persino a dire che, quando Angelica si sarebbe sposata, poteva andarsene a vivere con suo marito al piano di sopra.

«Poi compriamo un po' di terreno e costruiamo una casa anche a te, cosí staremo tutti assieme, che ne dici?»

Non so se mi faceva piú ridere o piú pena: quella che parlava non poteva essere Moma. Era davvero convinta che papà continuasse a darsi da fare quando sí e no aveva tirato su un muretto di cartongesso e buttato un po' di roba vecchia? Le impalcature? Mai montate. La lamiera del tetto? Ancora lí, che vibrava al vento.

Io comunque la lasciavo parlare a ruota libera. Cosí è venuta a saperlo da Angelica: una sera mia sorella l'ha chiamata e le ha detto che papà era partito. Aveva trovato lavoro come camionista, doveva trasportare carichi di merce in Polonia e in Russia su un autotreno lungo quindici metri. Moma è rimasta di pietra, e quando ha gridato che avremmo dovuto dirglielo subito Angelica finalmente ha gridato piú di lei: – Almeno lui ci ha avvisati! – ha detto prima di riattaccarle il telefono in faccia.

Me lo ricordo bene il giorno in cui papà se n'è andato, è un ricordo breve. Dopo che la vecchia Dyane ha alzato polvere imboccando la strada asfaltata ho detto: – Meno due, – e sono rientrato in casa.

Quel mattino Angelica non è andata in università, si è messa in cucina a studiare. A mezzogiorno la nonna ci ha portato un piatto di verdure col formaggio che io e mia sorella abbiamo mangiato in silenzio uno di fronte all'altra. Senza papà la televisione rimaneva spenta.

– Andiamo su a vedere? – le ho domandato scansando il piatto.

– Ok, – ha risposto lei senza voglia.

La porta stava arrugginendo. Dentro c'erano attrezzi sparsi in giro, pile di tegole, sacchi di malta e dalla finestra smontata – che avevo rattoppato con un telo di plastica – entrava un freddo balordo. I barattoli per fare le marmellate, i vestiti e i giocattoli di quando eravamo piccoli... tutto ammucchiato come immondizia. Sembrava di camminare sullo zucchero, da quanti calcinacci scrocchiavano sotto i piedi. Moma di fronte a quello sfasciume avrebbe avuto una crisi di nervi, c'era da giurarci. La mansarda cosí ridotta, piena di polvere e ragnatele, era l'immagine di come finiscono i sogni e, ovviamente, le famiglie. La partenza di papà non era stata un imprevisto, macché, era la pietra tombale su un matrimonio finito da anni, ben prima che Moma facesse quello che avevano già fatto decine di madri di Rădeni e dei paesi qui attorno.

Ci siamo messi a frugare nei sacchi e nei cartoni. Io ho ritrovato la dama, Angelica gli album di fotografie. La foto che ho nel portafogli l'ho presa quel giorno: ci siamo io e Moma sul cofano della Dyane appena ritirata dalla concessionaria. Io avrò sette anni, lei è bellissima, con i capelli lunghi, un cappotto rosso e la mano appoggiata sulla mia giacca a vento per tenermi stretto. Sono felice, si vede dal sorriso sdentato.

Seduta come me sul pavimento sporco, Angelica mi ha passato un'altra foto, piú sbiadita, dove c'eravamo sempre io e Moma. Dietro, con la sua calligrafia ordinata, c'era una scritta di inchiostro scolorito: *Chicco di sale, 2003*. A volte mi chiama ancora cosí.

A un certo punto ho sentito mia sorella tirare su col naso.

– Be'? Che ti piglia?

– Mi sono rotta le palle.

– Di cosa?

– Di tutto!

– Io di tutti, – le ho risposto abbassando le labbra e lei ha riso con gli occhi pieni di lacrime.

La prima sigaretta l'ho fumata insieme a lei, lí, in mansarda, con quegli spifferi gelati che passavano sotto la porta e il vento che gonfiava il telo di plastica.

– Ti sembra normale, – ho detto, – che invece di ristrutturare ha lasciato questo casino?

– Eppure già mi manca, – ha risposto Angelica cercando di ingoiare i singhiozzi.

Prima di scendere ho staccato la foto dall'album, e mentre lo ributtavo nel cartone ho visto il boomerang rosso, quello di nonno Mihai. L'aveva fatto costruire da Teodor, il falegname di Rădeni. Con quel suo corpo scheletrico, che scompariva sotto la camicia a quadri e lo smanicato marrone, il nonno mi aveva insegnato a stare in posizione, mostrandomi l'inclinazione corretta per le braccia e le gambe.

«Il gioco è questo, – aveva detto mettendomi in guardia. – Prima di lanciarlo esprimi un desiderio, se quando torna indietro riesci a prenderlo, allora ci sono delle possibilità».

«E se non riesco?»

«Cambia desiderio, oppure lavoraci ancora».

L'ho passato ad Angelica. – Ti ricordi? Eri brava anche tu.

Lei l'ha preso in mano, è rimasta un po' a fissarlo e ha fatto sí con la testa, poi siamo scesi di sotto. Fuori era già buio, altrimenti saremmo andati sulla strada di ghiaia a lanciarlo.

L'anno dopo Angelica si è trasferita a Iaşi. Non ce la faceva piú a fare avanti e indietro, cosí ha chiesto a Moma il permesso di prendere una stanza in affitto allo studentato e Moma ha detto di sí. Ormai ero grande, potevo cavarmela da solo, e poi di fianco c'erano i nonni. Cosí la settimana successiva ho accompagnato mia sorella alla fermata e dopo che il bus è partito mi sono acceso una sigaretta.

– Meno tre.

Intanto Moma non faceva piú la badante in nero, ma la tata in regola. Io avevo finito le medie e cominciato il liceo internazionale: anni compiuti, quindici. Moma era orgogliosa che facessi quell'istituto privato – «il migliore di Iaşi» –, nonna Rosa invece per niente. Quando nella buca delle lettere trovava il bollettino della retta strabuzzava gli occhi, borbottando che ormai la gente andava a lavorare per pagare quello che prima dell'89 era gratis per chiunque.

– Bell'affare! – ripeteva sciabattando per la cucina. – Bell'affare...

All'inizio studiavo, andavo avanti fino a sera, mi faceva incazzare prendere votacci. Avevo 6 in Storia e insufficienze in tutto il resto, Ginnastica compresa. Il prof aveva detto davanti a tutta la classe che correvo come un pinguino: – Non è tenendo i piedi in quel modo che occuperai piú spazio nel mondo!

Non ci vuole molto a capire perché andassi cosí male: ero l'unico che veniva dalla campagna, non c'entravo niente con gli altri, né con quel modo di fare scuola. E diciamo la verità, ero anche il piú brutto di tutti, con i capelli lunghi e i brufoli che si moltiplicavano giorno dopo giorno. Infatti l'unico con cui sono diventato amico era un derelitto come me, Petru Popa. Con alcune differenze: lui aveva i capelli da istrice, abitava a Iaşi e la sua unica sufficienza era Inglese. Per il resto, solo cose in comune: foruncoloso, pagella disastrosa, madre badante a Barcellona. Qualcuno ci chiamava «i condannati». Condannati alla bocciatura, ovviamente. Petru non se la prendeva, l'aveva già messa in conto, ma io assolutamente no, ero sicuro di poter tirare su la media durante le vacanze di Natale. Anche perché a Moma dicevo un sacco di balle sui voti e, nonostante non andassimo piú d'accordo, non volevo darle quella delusione. Balle ne dicevo a tutti, compreso al nonno che a sera, davanti alla minestra di fagioli, domandava: – Ragazzo, come va nella nuova scuola?

Cosí durante le vacanze, mentre fuori cadevano fiocchi di neve grossi come confetti, ho provato davvero a recuperare. Le cose da studiare, però, erano una montagna e io mi sentivo schiacciato. Al tavolo della cucina ci sarebbe voluta Moma, dritta sulla sedia e col pacchetto di Camel accanto. Con lei sarebbe stata un'altra storia, avrei giocato a carte scoperte e le avrei detto: senti Moma, non so che succede ma non sono piú cosí bravo a fare i compiti, mi dai una mano? Ma Moma chissà se mi pensava o se davvero era diventata una stronza che si lavava la coscienza mandandoci quattro soldi alla fine del mese. Magari adesso aveva un'altra faccia, un'altra voce, un altro odore. Magari si scopava un italiano, o faceva la puttana in qualche night club di Milano e di noi non le importava piú niente.

Da quando ero diventato amico di Petru Popa mi facevo le canne, compravo il fumo dagli zingari dietro la stazione, vicino ai centri scommesse e ai pullman che partono per l'Italia. Una volta che ero solo in casa me ne fumai un paio di fila e non so che mi prese, le telefonai e le dissi: – Tu credi di fare il nostro bene, invece ti stai solo facendo i cazzi tuoi!

Un putiferio... Angelica tornò a Rădeni a metà settimana, si mise a gridare se ero andato fuori di testa e Moma telefonò ai nonni per raccontargli tutto.

– Hai parlato da ingiusto, – mi rimproverò a bassa voce nonno Mihai, ordinandomi di venir fuori dal vagone.

Nessuno mi aveva mai dato dell'ingiusto.

Un giorno ho invitato Petru da me, appena entrato in casa ha tirato fuori dallo zaino una bottiglia di grappa. Ce ne siamo scolati metà, e verso le sei siamo andati a prendere l'ultimo bus per Iaşi. Abbiamo mangiato un panino per strada, poi serata in giro. Finita la bottiglia ne abbiamo comprata un'altra e a furia di camminare siamo arrivati davanti a una discoteca: il buttafuori ci ha riso in faccia e con due spintoni ci ha allontanato dall'ingresso.

– Ma che c'abbiamo, la rogna? – ha detto Petru calciando un sasso senza prenderlo.

– Hanno ragione quegli stronzi a scuola, siamo due condannati.

Né i miei nonni né i suoi zii si sono accorti della nostra assenza e quando, a mattino fatto, siamo rientrati a casa abbiamo dormito fino a sera. Il lunedí abbiamo consegnato la verifica di Matematica in bianco, io avevo mal di testa e ho lasciato perdere anche le cose che sapevo fare.

Dopo un po' di sabati passati a sconvolgerci per la città ho deciso di dare una svolta alla mia vita. Cosí un giorno, invece di rientrare dai nonni, mi sono presentato da mia sorella allo studentato.

– Voglio restare con te.

– Non se ne parla.

– Perché?

– Perché qui ci abitano gli studenti universitari, tu fai la prima superiore.

– A Rădeni mi annoio, c'è solo la nebbia e il sole va via alle quattro.

– Anche qui.

– Non ti darò fastidio, giuro.

– Se non vuoi darmi fastidio tornatene a casa.

Ho telefonato a Moma e l'ho pregata di convincere Angelica. – Sono stanco di fare avanti e indietro, cosí non riesco a studiare!

Mia sorella avrebbe pagato oro per sbarazzarsi di me, ma non mi ha mai lasciato solo. La sera le sue amiche passavano a chiamarla per uscire o per studiare assieme, però lei rinunciava.

Una di quelle sere le ho confessato che a scuola mi chiamavano il condannato.

– Angi, mi sa che mi bocceranno.

– Smettila, non sei divertente.

– Dico sul serio.

Lei non ci credeva, a quel punto ho vuotato il sacco e le ho detto che il liceo internazionale mi faceva schifo, che avevo legato solo con Petru Popa e che Moma era convinta che tutto filasse liscio.

Angelica è diventata bianca, stava per mettersi a gridare.

– Cristo santo, Manuel, avere a che fare con te è impossibile! Sei viziato, difficile e anche bugiardo! Fammi un favore, tornatene a Rădeni. Stai col nonno e lasciami in pace, io non ne voglio piú sapere!

– Angi, vieni qui, – ho detto cercando di abbracciarla.

– Sparisci!

Ma io l'ho inseguita per la stanza finché con un abbraccio l'ho afferrata per la schiena. Lei, dopo qualche tentativo di liberarsi, si è arresa e siccome Moma ci aveva appena spedito una mancia, l'ho convinta ad andarci a bere una birra in un pub lí vicino.

Quella notte abbiamo dormito nello stesso letto come quando eravamo bambini.

Qualche giorno andavo a scuola e qualche altro no. I prof ci avevano spostati all'ultimo banco. Che io e Petru Popa fossimo i condannati non era piú un mistero nemmeno per i bidelli. Eravamo due oggetti di arredo della I A, come le carte geografiche o i cartelloni dei lavori di gruppo. Durante le ore di lezione stendevamo la sciarpa sul banco e giocavamo a dadi, prima dell'intervallo rollavamo sigarette. Gli altri ci guardavano con disprezzo e mi stupisco ancora adesso di non aver mai fatto a pugni con nessuno, specialmente con certi della classe a fianco che all'intervallo incrociavo per i corridoi. Come ti sei ridotto?, dicevano le loro facce. Ed era vero: Petru non mi aveva di certo elevato spiritualmente. E nemmeno esteticamente. Giravo con dei pantaloni sbrindellati, un cappellino pieno di fibbie sulla visiera, felpe scure col cappuccio e scarpe senza stringhe. Mia sorella stendendo il bucato li guardava disgustata.

Con Angelica nello studentato stavo bene, mi dispiace se per lei è stato un brutto periodo perché io ho cercato in tutti i modi di darmi da fare: mentre era a lezione pulivo la stanza, se tornava con la luna storta mi toglievo dai piedi e nel frattempo tiravo su qualcosa per la cena. Lei, in cambio, non diceva niente della scuola. Uscivo solo il sabato sera, giurando di tenere sempre sott'occhio il telefono.

– Non farmi preoccupare, ho già le mie ansie.

– Tranquilla, ho la suoneria sempre al massimo, – le dicevo per rassicurarla.

Se tornavo bevuto o fumato, Angelica ripeteva di non esagerare ma non mi faceva mai la predica, la vita a Iași l'aveva cambiata. E poi nello studentato giravano certi fattoni spaventosi e sono sicuro che alcuni le piacevano anche, anzi non escludo che ci sia andata a letto qualche sera che rientrava tardi e io già dormivo sul materassino da campeggio.

Forse saremmo andati avanti a vivere assieme anche dopo la fine della scuola, se non avessi combinato questo casino.

Io e Petru siamo tornati nella stessa discoteca perché ci andavano due ragazze che vivevano in una comunità gestita dalla chiesa. Angelica mi aveva consigliato quel locale perché le ragazze entravano gratis e i maschi il sabato sera pagavano soltanto cinque euro. La notte Irina e Anita uscivano di nascosto, facevano l'autostop ed entravano in discoteca. Le avevamo conosciute a un chiosco di kebab. Anche loro, come tutti quelli che erano in comunità, avevano i genitori chissà dove. Secondo Petru con quelle due ci si poteva scopare. Cosí, invece di comprare il solito tocco di pachistano e la solita bottiglia di grappa, abbiamo pagato l'ingresso e ci siamo piazzati su un divanetto tenendo d'occhio la situazione.

Appena Irina e Anita sono arrivate siamo scattati in piedi, abbiamo offerto da bere e iniziato a ballare con loro. Dovevano essere abituate a vedere gente messa peggio perché non ci guardavano schifate. Anzi, con Irina ci parlavo bene, un paio di volte siamo usciti a prendere aria e ce la siamo raccontata un po'. Era bionda, aveva dei capelli lunghi e vaporosi dove immaginavo di affondare le dita, una vita sottile e gambe lisce. Sulle labbra un rossetto amarena.

– Mio padre fa il muratore in Germania ma non l'ho mai visto, quindi forse non esiste, – ha concluso soffiando il fumo della sigaretta in un modo volgare e dolce allo stesso tempo.

– Il mio invece fa il camionista, ma siccome è una vita che spara cazzate può anche essere che faccia il clown al circo.

Quando ho detto cosí lei è scoppiata a ridere e mi ricordo che in quell'istante ho pensato: forse Irina è uguale a me. Non mi è mai capitato di innamorarmi, quindi non so bene di cosa parlo, ma sono abbastanza sicuro che quella sera mi stava accadendo qualcosa del genere.

Non riuscivo a pensare, ballavo sbilenco e tutte le energie erano concentrate a leggere le sue labbra quando mi parlava nella bolgia della pista.

– Fino a quando devi restare in comunità? – ho gridato.

– Fino a diciott'anni, – ha risposto mettendosi le mani a tubo sulla bocca.

– E se rubo una macchina, ti vengo a prendere e scappiamo?

– Ma magari! – ha detto senza staccare le parole. – Anche se non sembri il tipo che sa rubare una macchina, – ha continuato ridendo da sola prima di avvicinarsi e darmi un bacio, breve come la beccata di un passero.

Era impossibile parlare lí dentro, non si sentiva davvero mezza parola, figuriamoci il cellulare che stava suonando nella mia tasca. E chiaramente non potevo contare su Petru perché anche lui era in orbita, incredulo che Anita gli desse retta. Consideriamo, infine, che mentre ero assorbito dalle cose dell'amore bevevo gin tonic come acqua del rubinetto e ne offrivo a Irina, che forse non voleva soldi per fare sesso come aveva lasciato intendere quel cretino di Petru, ma i cocktail li accettava senza problemi.

Avanti cosí fino alle sei del mattino, quando siamo usciti dalla discoteca mano nella mano come per salire all'altare.

Fuori, alle prime luci del giorno, ho trovato Angelica e nonno Mihai dritti e allineati come due militari.

– Ti stiamo chiamando da tre ore, – ha detto il nonno.

– Il telefono! – ha urlato Angelica.

Non so se in quell'alba primaverile ero piú desolato di

vedere mia sorella che piangeva e nonno Mihai scuro in volto o di dover lasciare Irina.

– Scusa, devo andare, poi ti spiego, – ho detto ritirando la mano dalla sua e sentendo il cuore accelerare come dopo una corsa. Sono le ultime parole che le ho rivolto. Le ultime, sí, perché dopo quella volta non l'ho mai piú rivista.

Mi sono messo di fronte a nonno Mihai, ho chiesto scusa strizzando gli occhi convinto che mi tirasse un ceffone. Poi, forse l'agitazione, forse il freddo, mi è venuto da vomitare. Lui, invece che schiaffeggiarmi come avrebbe fatto mio padre, mi ha asciugato la bocca col suo fazzoletto di stoffa.

Siamo tornati allo studentato, il nonno ha ordinato a mia sorella di preparare una borsa con le mie cose, intanto mi ha spogliato e mi ha buttato sotto la doccia. Io protestavo ma lui continuava in silenzio a puntarmi il getto d'acqua gelida sul collo, le costole, il pene floscio.

– Asciugati, – ha detto tirandomi una salvietta.

E poi io e lui a piedi, nel mattino freddo, verso la fermata del bus.

A casa la nonna mi ha messo davanti la zuppa di patate, insistendo perché la mangiassi col pane. A me non andava ma anche il nonno voleva cosí. Sono rimasto un po' ad accarezzare il micio appollaiato sulla stufa e poi me ne sono andato a dormire nella stanza di Moma, che i nonni conservano tale e quale a quando viveva con loro.

Ho chiuso le persiane e mentre guardavo i fili di luce che le attraversavano sono scoppiato a piangere, cosa che non accadeva da anni. Non per Angelica, non per nonno Mihai, non per quello che avevo combinato e non per Moma. Ho pianto solo ed esclusivamente per Irina.

A scuola non ci andavo piú, stavo coi nonni: senza Petru, senza discoteca e senza Irina, a cui scrivevo delle mail che non ho mai inviato. Il mio unico amico era nonno Mihai, un bel cambio rispetto a Petru Popa. I patti erano che gli avrei dato una mano nell'orto e in generale avrei obbedito alle sue richieste.

– Altrimenti ti porto in comunità.

– A Iaşi? – ho chiesto speranzoso.

– No, da un'altra parte. A Iaşi è meglio che non ci metti piede per un po'.

Una sera sí e una no chiamavo Moma, non avevo mai voglia di sentirla ma Angelica mi aveva pregato di sforzarmi perché secondo lei Moma ci soffriva, e da quando non faceva piú la tata non se la passava benissimo. I nonni, per non farla preoccupare, mi reggevano il gioco sulla scuola, tanto quell'estate io e lei avremmo affrontato il problema a quattr'occhi. Al liceo internazionale non ci volevo piú andare, volevo trasferirmi all'istituto agrario.

In quel periodo nonno Mihai mi ha insegnato un mucchio di cose: tenere in ordine l'orto, piantare i gerani dentro le lattine di fagioli, bruciare le ramaglie e spargere la cenere. Come mi piaceva guardare i pennacchi di fumo prima di distribuirla sulla terra... Qualche volta, insieme ad altra gente del paese, mi ha portato a raccogliere la frutta, i soldi che guadagnavo me li potevo tenere. A cena, vedendomi stanco e affamato, commentava: – Lavorare fa bene. Sei contento, si vede.

Ho imparato anche a pescare. Ci andavamo la domenica, oppure certi pomeriggi che faceva troppo caldo per stare nell'orto. Per pescare bisognava preparare le esche, i pezzi di pane, i vermi, gli ami. Era fondamentale non dimenticare niente e il nonno mi raccomandava di mettere cura e attenzione in ciò che facevo.

Una volta arrivati al lago stavamo ore sulle seggiole pieghevoli col cappello di paglia in testa. Ascoltavo il rumore dell'acqua, seguivo gli uccelli che ci planavano sopra e mi veniva in mente Irina. Nonno Mihai guardava il cielo e quando stringeva gli occhi la sua faccia diventava rugosa come il cuoio. Mi sentivo al sicuro, lí con lui sul lago gonfio d'acqua. Tutto mi sembrava lontano. Il tempo in cui papà viveva con noi e a prendersi cura di me era Moma, quasi una fantasia.

A giugno, quando sono usciti i quadri, io e Petru siamo rimasti un po' sulle scale della scuola a guardarli, poi il mio amico mi ha dato una pacca sul braccio per farmi coraggio e ce ne siamo andati a camminare lungo la ferrovia, costeggiando i muri pieni di graffiti, fermandoci di fianco ai tralicci su cui fanno i nidi le cicogne. Petru voleva provare a sniffare la colla ma io non ne avevo voglia, mi bastava starmene con la schiena sulle pietre a fumare il mio pachistano.

I nonni e Angelica non hanno voluto dirlo a Moma, io però ho fatto di testa mia. Sono andato nell'orto e l'ho chiamata.

Era in giro con Oreste, il vecchio con cui abita ancora adesso.

– Moma, mi hanno bocciato.

Lei, non so come, l'aveva già messo in conto, infatti non ha sbraitato. Ha risposto che le dispiaceva per me e che si sentiva in colpa.

– Se avessi potuto aiutarti forse ce l'avresti fatta, invece mi tocca stare in esilio.

– Con te ce l'avrei fatta di sicuro, Moma.

– L'anno prossimo andrà meglio, vero?

– Sí, ma vorrei cambiare scuola.

Solo allora si è arrabbiata, e con la sua voce monotona ha cominciato a ripetere che quello era l'istituto migliore della città e che lei da anni si svenava per darci il meglio.

– Studiare è l'unico modo per non finire come me e tuo padre, lo capisci?

L'ho lasciata sfogare e le ho detto che era soltanto un'idea, di cui potevamo parlare al suo ritorno. In realtà non era un'idea: quella gente, quelle materie, quei professori non facevano per me. Quando guardavo l'orto e la nostra casa vuota pensavo a quanto sarebbe stato bello coltivare la terra e aprire un agriturismo. Certo, a Rădeni non c'è turismo. Anzi, non ci sono proprio piú le persone, è rimasto qualche vecchio come nonno Mihai, e qualche ragazzo spaiato come me. Tutti se ne vanno da qui, lo so. Però magari le cose cambieranno, le madri che lavorano all'estero torneranno indietro e la gente imparerà ad apprezzare questa zona. Anche la dittatura si credeva che non dovesse finire mai. E comunque, da quando vivo coi nonni, Rădeni mi sembra cosí bella... Il lago, i girasoli, le montagne azzurre, i monasteri dipinti, a un tiro di schioppo la Moldavia che come dice la nonna «è il giardino dell'Unione». Magari succederà come per le piante mezze morte che i vicini le danno da curare.

«Ma che le curi a fare se sono spacciate?» le chiede ogni tanto il nonno.

«E a te cosa ti costa dargli un bicchiere d'acqua e dirgli due parole?» risponde nonna Rosa tastando con due dita la terra nel vaso. Dopo qualche settimana eccole lí: dritte, lucenti, di nuovo verdi.

Il nonno a sentire i miei discorsi sull'agriturismo scuoteva la testa.

– Perché fai cosí? Dico scemenze?

– No, Manuel. L'idea è buona, ma non è facile.

– Forse quando c'era il comunismo era piú semplice.

– Ma che dici... – ha risposto liquidandomi con un gesto della mano. – Quelli ti obbligavano a non averli nemmeno, i sogni.

– Non voglio andarmene da qui, per fare cosa poi? Il camionista come papà, o stare dietro ai vecchi come Moma?

– Se studierai non farai quei lavori.

– Non mi piace piú studiare.

– Se lasci la scuola tua madre ne soffrirà, lo sai?

– Sí, però se me ne vado anch'io l'albero coprirà il tetto. Chi guarderà le nostre case se partiamo tutti?

Lui si è appoggiato al rastrello, ha allentato il fazzoletto che portava sempre stretto al collo, si è asciugato col polso il sudore che gli gocciolava dal naso e mi ha guardato con attenzione: – Ragazzo, anch'io non saprei vivere lontano da qui. Quello che chiamano progresso mi pare una scemenza che ha solo reso la gente piú cattiva. Ma io parlo da vecchio, se avessi la tua età non starei a fare la guardia a questo mondo che muore.

Moma non tornava in Romania da un anno. Sembrava molto cambiata, la maglietta che le avevamo regalato per il compleanno le pendeva addosso. Mi vergognai dei pensieri che avevo fatto su di lei.

– A Milano mangi? – le ha domandato perplessa nonna Rosa.

– Lo sai che non ho mai avuto un grande appetito, – ha risposto Moma guardando da un'altra parte.

– Prima avevi le guance piene, ora ce le hai scavate, – ha aggiunto il nonno.

– Ricordati una cosa, Daniela, – l'ha incalzata la nonna , – anche se finisci in una famiglia che ti ricopre d'oro, nessuno si cura di chi si prende cura. Perciò sta' attenta a te, siamo intesi?

– Ci sto attenta, mamma, non ti preoccupare, – ha detto affrettandosi a cambiare discorso.

Moma aveva accettato la bocciatura, ma l'idea di farmi

cambiare scuola no. Voleva a tutti i costi che ripetessi l'anno in quel dannato liceo privato: – Cosa continuo a fare questa vita se non vuoi piú studiare? Te lo ricordi quanto eri bravo alle medie?

– Sí, ma sono cambiato.

– Da bambino dicevi che volevi fare il maestro.

– Moma, sono cose che si dicono. Dicevo anche che volevo giocare nello Steaua, ma non so neanche fare due palleggi!

– Facciamo cosí, – ha concluso accendendosi una sigaretta. – Ragioniamoci ancora un po', e prima che io parta decidiamo.

Ho lasciato perdere, tanto quelle frasi le conoscevo bene, significavano sempre la stessa cosa: sei libero di fare tutto quello che deciderò io.

Non ne abbiamo piú parlato. Moma era sempre indaffarata a chiamare elettricisti e muratori per fare riparazioni in casa e dal mercato tornava ogni volta con stoviglie e mobiletti per abbellire la cucina e la sala, o con delle cornici di legno dentro cui io e Angelica l'avevamo convinta a mettere dei suoi vecchi acquerelli.

Abbiamo passato quasi un mese assieme e la casa si riempiva ogni giorno dei profumi delle cose che lei ci preparava. Io e mia sorella andavamo matti per il cibo italiano, avremmo mangiato solo tagliatelle al ragú e cotoletta impanata. Anche la sua amica Anna era tornata a Rădeni per le vacanze, e Moma, col suo vestito senza maniche e i sandali di cuoio, passava ore con lei a parlare in cucina e a girare in bicicletta tra i frutteti. Stare con Anna le faceva tornare gli occhi sereni.

Un pomeriggio io e Moma ci siamo messi a fare un po' di pulizia in mansarda e le ho raccontato che mi sarebbe piaciuto aprire un bed and breakfast o un agriturismo.

– Lo chiamerò Il vagone, in onore del nonno, – ho detto convinto.

Lei si è messa a ridere e mi ha abbracciato.
– Smettila di trattarmi cosí! – ho urlato scacciandola.
– Ehi, calmati, ti sto solo abbracciando!
– Mi tratti da idiota!
– Cerco soltanto di essere affettuosa!
– Allora fammi cambiare scuola.
– Senti Manuel, questa fissa ti passerà. Al liceo internazionale imparerai bene le lingue, potrai scegliere qualsiasi facoltà e tenerti aperte molte strade. Davvero pensi di costruirti una vita facendo il contadino a Rădeni? Dài, tesoro, cerca di essere ragionevole!

Mi sono affacciato e sono rimasto a fissare il sentiero pieno di sole. Stavo meglio a darle le spalle che a guardarla in faccia.

Sono tornato giú aspettando sotto il pergolato l'ora di mangiare. Moma si è messa ad apparecchiare la tavola facendo finta di niente e cercando di parlare di cose senza importanza, ma io non volevo nemmeno incrociare il suo sguardo. Alle sette sono arrivati i nonni, per fortuna cenavano sempre con noi. Quella sera c'era anche Mario, il vicino di casa che aveva accompagnato nonno Mihai a Iași la notte della discoteca. Mi stava simpatico Mario, con i baffi a manubrio e la risata da orso.

Angelica faceva fatica piú di me a parlare con Moma, era cosí ossessiva. La scuola, i soldi, il cibo, la pulizia della casa… si arrabbiava per le briciole sul tavolo e i peli del gatto attaccati ai vestiti. Prima di andare a dormire io e mia sorella ci smezzavamo una sigaretta sul pergolato. Di nascosto, perché se Moma avesse saputo che fumavamo ci avrebbe attaccato un predicozzo infinito, ovviamente accendendosi una Camel dietro l'altra.

È arrivato settembre ed è ricominciata la scuola, non c'è nemmeno bisogno di dire quale. Nonostante avessi passato un anno a guardare fuori dalla finestra e a giocare a dadi, molte cose le sapevo già e dunque me la cavavo. In classe ero anonimo, la gente della I C era uguale a quella della I A, ma mi lasciavano in pace. E a me andava bene cosí. Moma aveva una password per controllare il registro e scriveva mail agli insegnanti per accertarsi a distanza di condotta e profitto. Finiti i compiti giocavo un po' al Nintendo, leggevo un fumetto e poi andavo nell'orto dal nonno. Petru lo vedevo solo ogni tanto – a volte ci mangiavamo un panino dopo la scuola –, ma la sera non sono piú uscito. Ero un sorvegliato speciale, impossibile sgarrare.

I pomeriggi non passavano mai, stavo ore sul letto a guardare il soffitto. Pensavo a Moma lontana, a volte a papà che guidava il camion sulle strade desolate della Siberia, altre ad Angelica che non si stava di certo laureando per passare il resto della sua vita in mansarda. Ma non me ne fregava piú niente. Mi pareva di essere l'unico che non riusciva a farsi una vita. Che se ne vadano tutti affanculo, dicevo, ma senza la rabbia di prima. L'unico pensiero che ancora mi faceva stringere i pugni, semmai, era ricordarmi della nottata con Irina e immaginarla ballare con un altro sulla pista della discoteca. Anzi no, immaginarla in compagnia di un altro mentre fumava una sigaretta raccontandogli quelle cose che aveva confidato a me e rivederla soffiare il fumo in quel modo volgare e dolce che avevo stampato in testa. E mentre ci pensavo ero sicuro che lei non sentiva di certo la mancanza di quello sfigato brufoloso che le aveva lasciato la mano per correre dal nonno. A volte mi mettevo a spulciare i social, gli indirizzi delle comunità e delle chiese di Iași, ma era inutile. Non sapevo il suo cognome, non sapevo l'indirizzo, non sapevo il cognome della sua amica, non sapevo niente! La sera, prima di addormentarmi, mi masturbavo pensando a lei, ma dopo mi sentivo peggio. Vuoto.

Petru aveva comprato un motorino usato, un mezzo catorcio che suo cugino gli aveva rimesso a nuovo e su cui aveva montato il carburatore del centoventicinque. Al telefono mi raccontava esaltato che rombava come un elicottero e che suo cugino, anche se era un imbecille che faceva le sedute spiritiche, era davvero un meccanico portentoso.

– Che ne dici se vengo da te a farmi un giro?

Un sabato l'ho sentito arrivare dalla strada. Quel coso faceva un casino infernale – non so per quale miracolo il nonno non è uscito sull'aia –, cosí siamo andati a provarlo vicino alla chiesa di legno. Petru mi ha fatto montare dietro, poi ha tenuto una lunga lezione su come guidarlo manco fosse un Boeing, e finalmente si è deciso a farmelo provare. In effetti sentire il vento sulla faccia e vedere i campi correre all'indietro un po' mi toglieva i pensieri.

A furia di girare si è fatto tardi, fuori tramontava, cosí Petru ha chiesto se poteva fermarsi da me. I nonni ci hanno lasciato dormire a casa mia: ci siamo scolati una bottiglia di vino e poi qualche grappa, abbiamo fumato in cucina perché fuori faceva freddo, guardando qualche video porno su internet e giocando al Nintendo, poi siamo crollati sul divano.

Il mattino dopo Petru mi ha raccontato che anche lui all'istituto tecnico raggranellava dei voti decenti, ma non gliene fregava niente.

– Andare a scuola è come prendere una medicina, fa schifo ma lo fai, – ha detto scrollando le spalle.

– Non ti piace neanche l'istituto tecnico? Io se andassi all'agrario sarei il primo della classe.

Ma non era una questione di questa o quella scuola, a lui non piaceva studiare.

– E cosa ti piace?

– Non lo so.

– Vuoi andare a lavorare?

– Nemmeno per sogno!

– E allora?

– Vedrai che quest'anno mi promuovono, poi l'anno prossimo mi bocciano di nuovo e mi manderanno a lavorare a calci in culo.

A volte mi spaventava avere solo lui come amico. Moma dice sempre che Anna è il suo specchio, se penso che Petru è il mio mi sento proprio un fallito.

Ho superato la prima con voti sufficienti, ormai era il massimo che si poteva pretendere da me, visto che andare in quel liceo era davvero come prendere una medicina. I momenti in cui stavo bene erano solo quelli col nonno.

Di mia iniziativa gli avevo rimesso a posto il vagone, gliel'avevo pulito e ordinato e in cambio l'avevo convinto a riprendere i lavori in mansarda. Poco alla volta avevamo rimontato la finestra, rasato le pareti e preparato il massetto per piastrellare il pavimento.

La persona che mi apparteneva di piú era nonno Mihai. Certe volte lo guardavo e mi veniva voglia di dirgli: meno male che ci sei tu. Ecco perché quando il pomeriggio del dieci settembre l'ho trovato steso davanti alla porta del vagone è stato come affogare. Non bastava dire «Meno quattro» e accendersi una sigaretta. Non bastava affatto. Nonno Mihai era l'ultima persona che mi restava. Senza il nonno era davvero tutto troppo difficile da sopportare.

Ora, di come ho cercato di rianimarlo, di quando è arrivata l'ambulanza, Mario, Angelica, Moma, non ho nessuna voglia di parlarne. Dirò, invece, che dopo che hanno cremato il nonno dentro la sua bara di pino e ce l'hanno restituito in un'urna orrenda di oro finto, dopo che Moma è tornata in Italia, dopo che papà è ripartito sulla vecchia Dyane e Angelica è venuta di nuovo a vivere a Rădeni per stare con me, io ho continuato ad andare al liceo, a prendere voti decenti e a passare il tempo nell'orto. Volevo tenere tutto in ordine, proprio come faceva lui.

Ci metto cura e attenzione. La domenica mattina alle otto sono già al lavoro, e a volte vado avanti finché c'è luce. Il vagone ora è tirato a nuovo, l'ho verniciato con l'antiruggine. Dentro non stagna piú puzza di muffa e dai vasi sul finestrino si alzano le bocche di leone, i suoi fiori preferiti. Ho anche sistemato la legnaia e impilato i ciocchi per l'inverno. Mentre curo le piante guardo la mia casa: – Ti aggiusterò io, – dico sferrando colpi di zappa alla terra sassosa. A volte, mentre annaffio, sento la sua voce: non è una brutta idea, bisogna soltanto trovare un modo. Altre sogno che mi parla: sta' tranquillo, ragazzo, presto andrà meglio.

E in effetti certi giorni va meglio.

Stamattina, invece, avevo gli occhi pesti e le lenzuola attorcigliate addosso. Ero cosí di malumore che non me ne sono neanche accorto. Mi sentivo le gambe steccate e il verso delle gazze mi trapanava le orecchie. Appena sveglio ho litigato con Angelica perché ieri toccava a me lavare i piatti e invece sono rimasto attaccato al Nintendo e non ho nemmeno sparecchiato la tavola. Cosí lei ha sbattuto la porta e se n'è andata con la bicicletta. Mi sono riscaldato il caffè, ne ho bevuto una tazza e sono uscito anch'io. Petru mi aveva prestato per un po' il suo motorino perché guidare mi toglie i pensieri. Ho messo in moto e sono andato verso i campi, sperando che quel fastidio passasse. Niente, l'umore si guastava di minuto in minuto. Sono arrivato fino al lago e mi sono seduto sull'erba, proprio dove nelle domeniche di sole pescavo col nonno. Ancora niente.

Ho fatto un giro sulla strada sterrata che porta alla scuola media, quella che prendevo tutte le mattine perché «camminando si risolve ogni problema». Di nuovo niente. Sono andato al cimitero a buttare una manciata d'erba sulla tomba del nonno, come voleva lui, e finalmente sembrava che andasse meglio. Respiravo, non sentivo piú le fitte al petto. Ho fumato un'altra sigaretta sulla sella, attorno c'era un silenzio cosí teso che per un attimo mi sono spaventato. Sembrava che avessero evacuato il pianeta. Ho cercato sul cellulare le mail che avevo scritto a Irina e me le sono rilette una per una – «mi sono confidato piú con te in una sera che con tutti i miei amici in sedici anni» –, poi sono tornato verso casa. Sinceramente non mi sono accorto di quello che stavo facendo, era il motorino che mi portava. Ho superato casa dei nonni, sono arrivato alla chiesa di legno e ho girato ancora un po' senza meta, finché sono entrato in riserva. Allora, prima di restare a piedi, ho ripreso questa strada, cosí dritta e lunga, coi campi di granoturco che si stendono a perdita d'occhio, i fusti gelati delle pannocchie piegati dal vento dei giorni scorsi. Ho controllato che non passassero macchine e ho sgasato a manetta. Ho accelerato chiudendo gli occhi, e piú li strizzavo piú gridavo contro quel fottuto silenzio. Ho tenuto la manopola tirata fino a sentire male al polso e poi non so cos'è successo. Il motorino ha sbandato e sono volato su questa campagna piatta e senza alberi. In alto, fluttuando come una piuma, senza mai lasciare il manubrio.

E adesso dappertutto cala il buio.

Parte seconda

Lontana

Scappai una notte di febbraio. Da giorni, appena restavo in casa da sola, correvo a tirare fuori la valigia dall'armadio, la aprivo sul letto e dentro ci mettevo le canottiere e i pigiami. Li stiravo tra le mani, cosí occupavano meno spazio. Misi tutti i maglioni che avevo, perché Clarissa al telefono ripeteva che anche a Milano faceva freddo. Infilai le saponette profumate che avevo preso al mercato: ogni volta che mi avanzavano spiccioli ne compravo una. Le vendeva una vecchia bulgara che si metteva in ginocchio sul marciapiede e io perdevo un sacco di tempo ad annusarle una a una, finché non distinguevo piú gli odori.

Attraversai il corridoio con le scarpe in mano, rasente al muro come un'ombra. Il pavimento era cosí freddo che scottava, dalla finestra entravano spifferi che intirizzivano la pelle. Appoggiai la porta piano e allo scatto della serratura mi misi a correre. Superai in fretta la scuola elementare, poi le vie strette che portano alla chiesa di legno. Tagliai di corsa per i campi, il vento mi soffiava negli occhi e mi graffiava le guance. Maledicevo le sigarette e anche se sentivo il cuore impazzito e la valigia mi scivolava, anche se avevo paura di cadere in un fosso e che i topi mi mordessero le caviglie, non smettevo di correre perché era meglio morire tra i campi piuttosto che affrontare lo strazio di salutarvi guardandovi negli occhi.

Corsi fino a quando spuntò un raggio di luce e le nuvole, basse sui tetti, si macchiarono di viola. Allora mi voltai e vidi che il paese era finito da un pezzo. La nebbia galleggiava sui sentieri e mi si attaccava addosso. Squarci di cielo si riflettevano nelle pozzanghere opache.

Il pullman era fermo sotto l'insegna penzolante della lavanderia a gettoni. Cinque donne parlavano in cerchio: la piú vecchia mi fece un sorriso.

– È giovane, – disse alle altre.

L'autista lo conoscevo fin da bambina, si chiamava Cezar. Mi salutò per nome, poi con un gesto della mano mi chiese i soldi del viaggio. Li tirai fuori dal reggiseno, li avevo nascosti lí dopo averli contati decine di volte. Glieli misi in mano con la testa girata di lato perché in quel momento volevo soltanto andarmi a sedere in fondo al pullman, respirare l'aria che stagnava là dentro. Mi addormentai di sasso. E dormii cosí tanto che a un certo punto la piú vecchia venne a scuotermi la spalla. – Ehi, stai bene? – Sentivo fitte alla testa, gli sbadigli mi facevano lacrimare. – Sei scappata? – domandò con due occhi che sapevano già la risposta. – Ti squillava il telefono, forse dovresti rispondere.

Di scatto frugai nella tasca del piumino, i fazzoletti e le chiavi caddero per terra. La donna mi scrutò coi suoi occhi che sembravano conoscermi da sempre: – A volte si può solo fare cosí, – aggiunse allargando un sorriso mentre mi guardava le mani screpolate.

Cominciai a disegnare sul vetro e lei se ne tornò al suo posto, lasciando dei biscotti al burro sul sedile di fianco. Li mangiai uno dopo l'altro, e mentre masticavo il telefono riprese a vibrare. Filip, però, lo richiamai soltanto alla fine del viaggio.

– Sono a Milano, Clarissa mi ha trovato lavoro come badante, – gli dissi quando il pullman ci lasciò nel parcheggio. Attorno c'era solo l'autostrada su cui sfrecciavano i camion, e oltre il marciapiede le scale della metropolitana.

– Torna indietro, – ordinò con la voce scura.

– Non abbiamo piú soldi, l'azienda non paga e tu non

lavori da un anno, – dissi. – I ragazzi dovranno smettere di studiare.

– Andrò a fare il muratore in Polonia.

– Da quanto lo dici?

– Daniela, torna a casa.

– I miei ti daranno una mano, manderò tutti i soldi che riuscirò a mettere via.

– Mi troverò un lavoro in fretta, vedrai.

– Non ti credo piú, Filip.

– Perché sei scappata cosí? Vuoi rovinare tutto?

– Sono stufa delle tue promesse, dei tuoi giuramenti del cazzo: cerco lavoro, mi do da fare, smetto di bere.

– Torna indietro, Daniela, – ripeté.

La sua voce sembrava quella di chi prega.

La piú vecchia del gruppo salutò le altre e mi allungò un biglietto della metropolitana incamminandosi col suo passo pesante verso le scale. Le raccontai che un'amica mi aveva trovato lavoro.

– Prenderai in affitto un appartamento?

– No, starò da lei.

– Brava, cosí potrai mandare piú soldi a casa.

Per conoscere qualcuno mi consigliò di andare in chiesa e passeggiare nei parchi, perché le badanti vanno lí a incontrarsi. Se c'è il sole ognuna porta da mangiare e si passa qualche ora in compagnia.

– Almeno possiamo parlare la nostra lingua! – esclamò. – Vedrai, il rumeno ti mancherà piú della tua famiglia –. Timbrò il biglietto anche per me e con la mano fece cenno di seguirla. – I primi tempi mi pareva di aver perso l'allegria, in italiano non mi veniva mai una battuta, – vociò mentre il convoglio frenava davanti a noi. – Uno fa solo pensieri da animale senza la sua lingua.

Quella donna di cui non ricordo il nome abitava in piazza della Repubblica, vicino alla stazione Centrale. Non riuscivo a immaginarla fare la badante, non capivo come una vecchia potesse assistere un'altra vecchia. Quando la metro si fermò nella stazione di Loreto mi spinse sulla banchina. – Buona fortuna! – gridò mentre le porte si chiudevano. Da dietro il vetro faceva sí con la testa, come se sapesse già quello che mi aspettava. Poi in un attimo il vagone ripartí e scomparve nella galleria. Ancora oggi, quando capito dietro la stazione, alzo sempre gli occhi per vedere se si affaccia da una finestra, se dall'altra parte della strada ritrovo quel viso buono o la vedo col suo passo pesante spingere una carrozzella.

«A volte si può solo fare cosí», aveva detto sul pullman. Quella frase mi toglieva la colpa.

Piazzale Loreto ha la forma di un polipo, la rotonda spartitraffico è la testa e i grandi viali a raggiera sono i tentacoli.

Incontrai Clarissa davanti a un negozio di cibo per cani, entrammo in un bar e quando si tolse il cappello di lana le vidi i capelli crespi e bianchi.

– Lo so, sono qui da tre anni e sono invecchiata di dieci. Preparati... – disse sconsolata, mentre cercava di pettinarsi con le mani. – La mia vecchia è pesante da sollevare, non fa che gridare nel sonno. Ho la schiena a pezzi.

– Sono già passati tre anni?

– Quasi quattro.

– E quando tornerai in Romania?

– Ma che ne so... Dico sempre che torno e poi non torno mai, – rispose guardando fuori dalle vetrate del bar.

– Chissà quanto resisterò.

– Vedrai che ti abitui in fretta, – commentò facendo mezzo sorriso. – Non si sta male a Milano –. Poi si affrettò a cambiare discorso: – Daniela, non so in che situazione è il vecchio da cui andrai, – disse mentre raccoglieva col cucchiaio la schiuma del cappuccino.

– Avevo capito che lo conoscessi.

– Hai capito male, non l'ho mai visto, – ribatté stupita. – Ci andava una mia amica che è stata assunta in un'impresa di pulizie, beata lei...

– Perché beata lei? È meglio fare le pulizie?

– No, ti pagano poco e devi per forza affittare un appartamento. Però le scale le lavi e sei a posto, non ti svegliano di notte... E non ti fanno venire i capelli bianchi.

Clarissa controllava di continuo l'orologio, finché a un certo punto disse sbuffando che doveva rientrare. I figli della vecchia le contavano i minuti.

– Oggi mi hanno rimproverata perché ho messo troppo aglio nel sugo, l'altra volta ci avevo messo poco sale... Ma lo sai quanto è buono il mio sugo?

– Purtroppo no...

– E vedessi il loro, liquido come il piscio!

Ci salutammo in fretta, pagammo ognuno il suo e scendendo le scale della metropolitana cercai l'indirizzo sul cellulare.

Via Pellegrino Rossi è lunghissima, piena di negozi etnici e di indiani che bussano ai finestrini delle auto cercando di rifilare rose flosce.

D'improvviso, mentre camminavo, calò una nebbia spessa che ingoiò tutto: passanti, automobili e venditori di rose. Col figlio del vecchio avevo appuntamento davanti al benzinaio. Era lí in piedi a pochi passi da me, e appena i nostri sguardi s'incrociarono mi venne incontro. Si chiamava Ernesto, era un tipo basso e tarchiato, con i capelli radi tirati in avanti. Prese la mia valigia e mi fece strada sotto i portici di un palazzo col cancello rugginoso.

In ascensore mi schiacciai in un angolo e quello mi allungò un dizionarietto tascabile dicendo che era un regalo.

– Sei di Bucarest? – chiese senza darmi il tempo di ringraziare.

– No, di Iași, al confine con la Moldavia.

Lo studiavo da un paio d'anni, l'italiano. Guardavo video su internet, ascoltavo le canzoni di Vasco Rossi e di Zucchero, leggevo le notizie sui giornali online. L'ho sempre saputo che prima o poi il giorno di partire sarebbe arrivato.

– Papà! – chiamò aprendo la porta d'ingresso. – Papà, sono io!

In corridoio la luce era spenta, c'era puzza di minestrone e si sentiva la tv a un volume assordante. Senza farmi vedere cercai sul telefono il numero di Filip, avevo voglia di averlo a fianco, non c'era un'altra persona che potesse proteggermi. Mi ero innamorata di Filip perché, pur essendo alto e grosso, non mi faceva paura: aveva una faccia ironica, indossava camicie bizzarre e in macchina cantava canzoni sdolcinate con la sua voce sgraziata. Se si fosse trovato un lavoro e l'avesse piantata una volta per tutte di bere mi sarei fatta bastare l'affetto che rimane dopo l'amore.

Il vecchio se ne stava seduto su una poltrona a soffiare in un tubo di plastica immerso in un catino d'acqua. Si chiamava Giovanni. Il figlio andò a spegnere la tv e lui smise improvvisamente di fare le bolle. Ci guardò con gli occhi sbarrati, grattandosi la testa calva.

– È asmatico, ha bisogno di fare questo esercizio, – mi spiegò Ernesto indicando il catino.

Provai a scandire il mio nome, ma lui restò impassibile. Gli importava che uno di noi due riaccendesse il televisore, nient'altro.

– Devo sentire le notizie. Oh! Le notizie! – gridava.

Ernesto mi portò in cucina e poi nel resto della casa: il bagno lungo e stretto, la camera da letto, un ripostiglio con ripiani colmi di cianfrusaglie e file di barattoli impolverati.

– Questa era la mia camera, anche l'altra badante dormiva qui, – disse sulla soglia della stanza. – Ho cambiato le lenzuola, capisci quello che dico?

– Sí.

– Allora ascolta: dopo che mia madre è morta lui è caduto in depressione. Di notte se la fa sotto, vuole mangiare soltanto minestrone, non vuole lavarsi e non vuole andare in una casa di riposo. Soffre d'asma e ha un carattere di merda.

– Ha l'Alzheimer?

– No, la demenza senile.

– Quanti anni ha?

– Ottantotto.

Mentre quello parlava io pensavo ai disegni che avrei voluto fare. Da sempre, quando voglio isolarmi, disegno. I due soldi che in Italia ho speso per me li ho lasciati tutti in cartoleria: stavo ore a guardare la grammatura dei fogli, le matite a mina, i pastelli a cera...

Già da piccola non m'importava molto delle parole, preferivo colorare. Se mia madre entrava in stanza, ficcavo il foglio in mezzo al sussidiario e facevo finta di seguire il testo col dito. Se invece mi beccava, protestavo: «Ma lo sto facendo per te!» Disegnavo case sul mare, con la schiuma delle onde in lontananza e un cielo bigio che annunciava pioggia. Il giallo era il mio colore preferito, per paura che si consumasse non facevo mai il sole. Regalavo disegni a tutti. Cercavo di donarli con noncuranza, ma me la prendevo a morte se qualcuno li piegava in due o li lasciava in giro.

– Mi stai ascoltando? – domandò Ernesto.

– Sí, scusa.

Mi mise sotto il naso un foglio che elencava le medicine da dare a suo padre, le nominava una a una mostrando la confezione o sollevando con due dita il flaconcino delle gocce. Sopra il frigorifero c'erano cosí tante scatole che sembrava il banco di una farmacia. Poi andammo in bagno, perché voleva spiegarmi come funzionava la lavatrice.

– Non vengo da Marte, so come si usa una lavatrice, – dissi trattenendo la risata.

– Sí, hai ragione.

– Preferisco che mi paghi ogni sabato, – continuai scandendo le parole.

Ernesto aprí il portafogli e appoggiò sul tavolo quattro banconote da cinquanta. Io mi strinsi nelle spalle e lui ne tirò fuori un'altra.

– Vorrei che ti occupassi anche di tenere pulita la casa, – aggiunse roteando la mano in aria.

A volte disegnavo la tavola apparecchiata, il viola e l'arancio per il cesto della frutta, l'azzurro per la brocca d'acqua, i mobili della cucina con la matita semplice.

– Ehi, ma mi segui?

– Sí certo, pulire la casa.

In sala mi feci coraggio e andai vicino a Giovanni, che appena mi vide nascose il telecomando dietro la schiena. Mi inginocchiai di fianco alla poltrona, in modo da seguire assieme a lui il gioco a quiz davanti a cui stava imbambolato continuando a soffiare nel tubo di plastica. Sul balcone avevo visto una fila di vasi e chiesi se l'indomani gli andava di bagnare le piante. Lui abbassò le labbra e con quegli occhi vacui mormorò: – Perché?

Solo quando cominciò la pubblicità smise di fare le bolle e avvicinò la sua faccia alla mia, come se mi avesse appena notata.

– Chi sei tu?

A sera Clarissa mi scrisse per sapere come stavo e per propormi, nel fine settimana, di andare a vedere l'Accademia di Brera. Ero contenta si ricordasse che amo l'arte. Clarissa è una che ha studiato, per qualche anno ha lavorato nella redazione di un giornale e mi ricordo che girava sempre con dei romanzi in borsa di cui mi raccontava per filo e per segno la trama. Anche a lei da ragazza avevo regalato disegni. Poi le cose sono andate come sono andate ed eccola lí, l'ennesima finita in Italia con un marito disoccupato che ciondola per Rădeni, i figli cresciuti da sua sorella e i capelli grigi a quarant'anni. Prima era bellissima Clarissa: alta, magra come un chiodo, con due tette sode. Gli uomini le fischiavano sempre.

Ernesto intanto stava riscaldando il minestrone per la cena. Mi parlò ancora del padre: prima della pensione vendeva microfoni e altoparlanti per le chiese e conosceva tutti i preti della Lombardia.

– Te la senti di stare da sola o preferisci che stanotte rimanga anch'io? – mi chiese servendo i piatti fumanti.

– Non mettiamo neanche la tovaglia? – domandai perplessa.

– Come vuoi…
– È da accampati mangiare senza tovaglia.
Giovanni parlava da solo, ripeteva che il minestrone era buono ma lo preferiva piú caldo. Teneva le braccia curve attorno al piatto, come per difenderlo, e lo sorbiva in un modo che faceva ridere e schifo allo stesso tempo.
– Va' pure, resto io, – gli dissi. – Però tieni il telefono acceso, cosí se ho bisogno ti chiamo.
Dopo che Ernesto se ne andò diedi le medicine a suo padre e guardai insieme a lui ancora un po' di tv. Cercavo di imparare altre parole, e quando le ripetevo bene Giovanni faceva sí con la testa, se le pronunciavo storte arricciava il naso e diceva: – Naaa…
D'improvviso chiuse gli occhi, il mento cascato sul petto. Restai a guardarlo, poi mi avvicinai, lo presi sottobraccio e dissi: – Vieni, prepariamoci per dormire –. Ma lui mi scacciò agitando debolmente il braccio e mugugnando: – Chi ti conosce.
Gli sfilai le calze, i pantaloni, le mutande e gli cambiai il pannolone con la testa girata dall'altra parte. Provai a far finta che fosse un bambino, ma non serví assolutamente a nulla. Inutile ripensare al mio ufficio, agli ordini dei clienti stranieri, alle ore al telefono coi fornitori parlando in inglese… Adesso avrei lavorato con un vecchio e la sua incontinenza, le uniche cose che dovevo sbrigarmi a imparare erano restare in apnea e contenere la nausea.
Dopo aver messo Giovanni a letto andai sul balcone. Sulla strada c'era la brina ghiacciata, i rami dell'unico albero del cortile erano tutti imbiancati. Il fumo della sigaretta si sfilacciava in forme strane, poi in un attimo si confondeva con la nebbia. Pensavo fosse notte fonda invece non erano neanche le nove. Quando ti ho telefonato hai risposto al primo squillo.

Hai gli occhi chiusi, le lenzuola perfettamente rimboccate fino alle spalle, una sonda che dalla bocca scende nello stomaco, due aghi al braccio che comunicano con un apparecchio. Un'infermiera passa tra i letti, controlla se il liquido della flebo di un paziente scende bene, se il poggiaschiena di un altro è reclinato correttamente. All'unico sveglio – un uomo di mezza età con gli occhiali spessi – fa sorseggiare un bicchiere d'acqua.

Appena Angelica arriva viene a sedersi di fianco a me. Anche lei ha i copriscarpe azzurri, le sue mani odorano di disinfettante.

– Non piú di un parente per volta, – dice l'infermiera in tono di rimprovero.

– Sí, ha ragione, ma vorremmo stare cinque minuti assieme.

– Solo cinque.

Ci teniamo per un momento la mano. Lei fissa il tuo viso, io guardo gli altri letti, le pareti spoglie di questa sala che mi sembra troppo stretta e fredda per te. Rimaniamo in silenzio, allibite dal sonno che schiaccia il tuo corpo. Di fianco al letto un macchinario emette ogni tre secondi un suono, e a quel *bip* un segno verde s'impenna sul monitor. Quando mi allungo per accarezzarti, Angelica mi afferra il polso e lo tiene bloccato perché non lo muova. Dice che non ti posso toccare. Non so quanto tempo passiamo cosí, attonite e mute.

– Mi accompagni a fumare in cortile?

– E da quando fumi? – rispondo girandomi di scatto.

– Vieni sí o no?

Fuori dalla sala ci sfiliamo i copriscarpe, li appallottoliamo in un cestino e mentre mi avvolgo la sciarpa lei si arrotola una sigaretta. Scendiamo lentamente le scale, fumiamo in silenzio in quello spiazzo circondato dalle querce.

– Vado a casa, ci vediamo dopo? – mi domanda strofinando il mozzicone contro il tronco di un albero.

– Va bene.

– Ricordati che l'ultimo bus per Rădeni parte tra due ore.

– Ti è cambiata la voce, sai?

– Dici sempre cosí... – risponde alzando gli occhi mentre si allaccia la giacca a vento. – Secondo me sei tu che ti dimentichi tutto.

Quando suono il campanello l'infermiera sbuffa, è seccata da quell'entrare e uscire. Fuori è buio, finalmente non mi viene piú da piangere. Adesso dalla finestra non si vedono il prato e gli alberi nudi, solo la sera d'inverno. Appoggio i gomiti sulle ginocchia e mi prendo la faccia tra le mani: questa sedia sgangherata e la finestra della sala diventano in un attimo la mia casa. Il tuo letto, l'unica cosa del mondo.

L'infermiera controlla la flebo del paziente con gli occhiali spessi. Prima di scambiare due parole con lui si ferma a guardarmi. Senza smettere di fissarmi chiede alla collega che sta armeggiando vicino all'ingresso cosa ci faccio ancora qui. Ad alta voce, come se non sentissi.

– Signora, cosa ci fa ancora qui? – ripete piazzandosi davanti al letto.

– Sono sua madre, – rispondo.

– Capisco, ma l'orario delle visite è terminato da un pezzo.

Mi metto a cercare le chiome degli alberi, i rami scheletrici che non si distinguono nella sera. Incrocio le braccia sotto il seno, socchiudo gli occhi e mi sembra di galleggiare nel cielo, senza piú gravità.

– Mi sta ascoltando? Deve uscire di qui.

– Non posso.

Lei tira indietro la testa, con quel collo sottile da rapace, poi inspira tutta l'aria che può: – Cerchi di capire, questa è una sala di rianimazione.

Quando ripete per la terza volta quella frase, mi sporgo dalla sedia per stirare le grinze del lenzuolo sul fianco del tuo materasso. Dopo poco arriva un tizio con una divisa blu, dev'essere della sorveglianza. Si toglie il cappello prima di domandarmi: – Che succede, signora?

Mi alzo, lo saluto rispettosamente. Sento la testa pesante e non riesco a trattenere gli sbadigli.

– Devo restare qui, mio figlio è in coma. Le prometto che non darò fastidio.

Mentre quello comincia a farmi un discorso zeppo di preamboli arriva un medico. Alto e dinoccolato, i capelli bianchi che gli finiscono sulla fronte solcata da due rughe dritte.

– Vada pure, va tutto bene, – gli dice.

Il sorvegliante annuisce, sollevato di non dovermi forzare. Si rimette il cappello, saluta ossequiosamente e scivola fuori dalla sala. Il medico fa un cenno anche alle infermiere, poi afferra uno sgabello e si siede accanto a me.

– Vede, – comincia senza incrociare il mio sguardo, – quell'aggeggio alla sua sinistra indica come va il respiro. È importante che resti stabile perché se il cuore non è ossigenato può fare scherzi.

– Quando si sveglierà?

– Non lo so, signora.

– Si sveglierà?

– Per il momento non si può sapere, – ripete con pazienza. – Anche per questo non ha senso che lei stia qui.

– Invece è l'unica cosa che ha senso.

Il medico scuote leggermente la testa, poi si volta verso di me. – Si ricorda della gravidanza?

– Ho partorito in questo ospedale, – rispondo stupita.

Lui annuisce: – Quando si aspetta un figlio bisogna riposarsi, perché dal momento in cui aprirà gli occhi ci saranno molte cose da fare. So che non è semplice, ma si ricordi che se Manuel aprirà gli occhi lei avrà molto da fare.

Vorrei che quest'uomo continuasse a parlarmi con la sua voce roca, a ricordarmi della gravidanza, a farmi immaginare di nuovo a casa con te.

– Domani senz'altro pioverà, – dice invece guardando oltre i vetri. – Stanotte molti sentiranno male alle ferite, ma almeno quest'aria si pulirà un po'.

– Chiamerà la sorveglianza se non me ne vado?

Anche se mantiene le labbra cucite, un sorriso gli fa tremare gli angoli della bocca. – Per stanotte può restare, domani invece dovrà andare a farsi una doccia e mangiare qualcosa di buono. Qui la cucina è un disastro.

D'improvviso la tosse di un vecchio rimbomba nella stanza, pare che lo debba squassare fino a farlo cadere dal letto. Le infermiere lo sollevano e gli spingono un tubo elastico in gola, poi, mentre una alza l'ossigeno, l'altra cambia il catetere. In pochi secondi il vecchio ripiomba in un sonno di pietra, estraneo a se stesso.

– Mi segua, – ordina il medico. – Capisce perché non può stare qui? – mi chiede in corridoio.

– Le prometto che uscirò tutte le volte che sarà necessario, non avrete nemmeno bisogno di chiedermelo.

– Ma cosa rimane a fare?

– In questi anni io e Manuel ci siamo parlati sempre meno. Vivo in Italia, faccio la badante.

– Mia madre faceva lo stesso lavoro, in Polonia.

Sono io adesso a scrutarlo, lui a guardare altrove. – È stato difficile senza di lei?

– Diciamo che non è stato semplice.

Mi versa un bicchiere di camomilla prendendola da un thermos dimenticato su un carrello d'acciaio. È tiepida, quando mi invita a berla la butto giú come una medicina.

– Non ha alcolici con sé, vero?

– No.

– Se per caso beve, se ne ho solo il sospetto, chiamerò la sorveglianza e suo figlio lo vedrà soltanto da questo vetro.

– Le ho detto che non bevo.

Il medico annuisce di nuovo, senza smettere di fissarmi.

– Domani mattina venga nel mio studio, le mostrerò gli esami che abbiamo fatto.

In sala l'infermiera mi guarda perplessa. Appena si volta controllo che il macchinario ripeta quel suono: uno due tre, *bip*, uno due tre, *bip*. «Finché il ritmo è questo il cuore è ossigenato», ha detto il dottore.

Alle cinque sono sveglia. Ancora piove, ma non picchia piú cosí forte sui vetri. Gocce sbavate colano piano. Un'altra infermiera arriva a portarmi una tazza di latte.

– Buongiorno, come sta? – domanda senza fermarsi ad aspettare risposta.

Esco dalla sala e vado nel bagnetto del corridoio, che non ha finestre e puzza di muffa. Quand'ero ragazza andavo coi miei genitori in vacanza a Vama Veche, sul Mar Nero, anche lí ci si lavava alla meglio in bagni comuni. C'era ancora Ceaușescu e mio padre pagava il campeggio con dei buoni che gli dava la fabbrica agricola dove faceva il trattorista. Poi, mentre ero al liceo, scoppiò la rivoluzione.

«Sono stati anni terribili, – diceva a cena mangiando la zuppa di lattuga. – Ma adesso ne inizieranno di peggiori».

Ed era vero. Vedevo il mio professore di Filosofia vendere della frutta ammaccata al mercato, il medico di Rădeni contrabbandare qualsiasi merce, mia madre mettersi in fila per impegnare mobili e vestiti. Altro che mare, ho dovuto lasciare l'università per trovarmi in fretta un lavoro.

Tiro fuori una maglietta pulita, mi lavo le ascelle bloccando la porta col piede e fa niente se l'acqua finisce sui pantaloni. Cambio il reggiseno, appallottolo la roba sporca in valigia e vado a cercare lo studio del dottor Petran, ho scoperto che si chiama cosí. Mi piacerebbe apparirgli bella ma non ho niente con me, nemmeno il rossetto. La signora Elena, in Italia, me lo ripeteva di continuo: «Il corpo è la prima cosa che appare, bisogna curarlo sempre».

Mentre lo diceva mi mostrava le mani, che si impomatava due volte al giorno con la crema alla glicerina. Quando era triste voleva che tirassi fuori dall'armadio certe vestaglie a fiori che poi restava ammutolita a guardare. Strofinava il cotone tra le dita, sconsolata che quella roba non le stesse piú. «Da vecchi invece non si può essere belli, solo ordinati» e si guardava di nuovo le mani, come a dire che nonostante la glicerina erano diventate grinzose e piene di macchie. Oppure prendeva le mie e diceva: «Brava Daniela, fai bene», perché ogni tanto andavo a rifarmi le unghie o mettevo lo smalto. Elena non era come sua figlia, che mi guardava neanche fossi una bagascia. Fosse stato per quella lí avrei passato la vita in ciabatte e coi capelli legati. Un corpo non lo dovevo piú avere.

– Ah, è lei, – dice il dottor Petran afferrando un fascicolo. – È riuscita a dormire un po'?

Stamattina il suo viso è diverso, sardonico e appuntito. Mi sono seduta di fronte a lui, che è rimasto in silenzio ad assaporare il suo potere prima di parlarmi. Con un gesto della mano mi chiede di aspettare, poi alza il telefono e ordina di far passare non so chi. Dopo qualche minuto la porta si apre: entra un poliziotto, che senza salutare va a sedersi di fianco a lui, posando una cartella blu sulla scrivania.

– Mi chiamo Grigore Vasile, sono un agente della caserma, qui a Iași. Mi sono occupato di fare i rilievi sul luogo in cui è avvenuto l'incidente. Ho già parlato con Angelica Matei, sua figlia, e ho bisogno di farle qualche domanda.

– Mi dica, – rispondo titubante.

– Come mai Manuel guidava il motorino di un suo amico?

– Mi ha detto che gliel'aveva prestato.

– Il motore era truccato, per questo andava cosí veloce. Ne era a conoscenza?

– No.

L'agente apre la cartelletta e legge su un foglio degli

appunti scritti a mano: – Quando ha sentito Manuel l'ultima volta?

– Qualche giorno fa, forse lunedí. Posso verificarlo sul cellulare se vuole.

– No, non serve.

– Manuel non ama molto stare al telefono, – aggiungo in tono di scuse, – ma Angelica mi aveva assicurato che stava bene. Voglio dire, come sempre.

– Stava davvero bene suo figlio? – interviene il dottor Petran.

Mi giro di scatto verso di lui, mi ero quasi dimenticata che fosse qui. – Di recente è morto mio padre. Manuel ne ha sofferto.

– In piú, se non sbaglio, lei lavora in Italia da quattro anni, – mi incalza l'agente, – e suo marito fa il camionista fuori dalla Romania. È cosí?

– Già, mia figlia e mia madre si prendono cura di Manuel piú di me e di suo padre, se è questo che vuole dire, – rispondo abbassando la testa.

– Manuel prendeva psicofarmaci? – mi chiede il medico.

– No!

– Ne ha mai presi?

– Le ho detto di no, ma perché me lo chiede?

– Vede signora, – continua l'agente, – il dottor Petran le sta facendo queste domande perché è difficile spiegare un incidente cosí violento su quella strada. Lei è di Rădeni, la conosce: è dritta, senza ostacoli, quasi sempre deserta. Voglio dire, tutto può capitare, ma la dinamica dell'accaduto lascia qualche sospetto.

– Cosa sta cercando di dirmi? – chiedo sporgendomi verso di lui.

– Le ripeto, – risponde tempestivamente l'uomo in divisa, – è solo un dubbio che vogliamo condividere con lei. È difficile fare un incidente cosí.

– Ci parli apertamente, – insiste il medico, – né io né l'agente vogliamo farle un processo.

– Non lo so... Manuel sentiva la mia mancanza, come io la sua, – dico mordendomi le labbra.

L'agente mi allunga un foglio: – Non ho altre domande, signora. Dovrebbe gentilmente compilare questa scheda.

Fisso il modulo senza riuscire nemmeno a leggere cosa c'è scritto.

– Mi può aiutare?

– Deve barrare le caselle dove si dice che suo figlio non ha precedenti penali, non assumeva droghe ed era affidato ad altri familiari, dei quali dovrà fornirmi le generalità.

Mi metto a compilare il modulo, ogni domanda sembra un trabocchetto per incastrarmi.

Quando gli restituisco il foglio l'agente mi chiede la carta d'identità, la appoggia sulla scrivania, confronta la foto del documento col mio viso, poi lo fotografa con il cellulare e mi saluta chiamandomi per cognome.

– Auguri di pronta guarigione per suo figlio, – aggiunge sulla porta.

Appena restiamo soli il dottor Petran mi allunga la scatola di kleenex ma io non piango, mi sento terra arida.

– Vuole dell'acqua?

– No, grazie.

– Allora porti qualche altro minuto di pazienza, le devo illustrare la situazione clinica.

– La ascolto.

– Se al posto della spalla avesse sbattuto il collo o la testa, Manuel sarebbe morto sul colpo. Come le ha già detto l'agente, suo figlio era senza casco –. Annuisco, lui alza gli occhi tenendo china la testa sui referti. – Il trauma cranico è profondo, – continua guardando la lastra. – Purtroppo hanno chiamato l'ambulanza solo a mezzogiorno, mentre l'incidente dev'essere avvenuto a metà mattina. I portantini hanno fatto un ottimo lavoro per arrivare fin qui senza provocargli altri danni.

– Lo dovrete operare?

– No, sarà sufficiente tenere steccata la spalla. Il neurologo crede che sia questione di tempo, come se il corpo avesse subito un trauma troppo grande da cui potrebbe riaversi soltanto dormendo. Potrebbe, – sottolinea alzando la testa.

– Adesso cosa succederà?

– Riposerà per tutto il tempo che gli occorre, – dice chiudendo il fascicolo e incrociando le braccia sotto il petto.

– Lei pensa che non sia stato un incidente? – domando con occhi vuoti.

– Non lo so, signora. Era solo un dubbio che ci pareva sensato sottoporle, – dice con una voce piú calda. – In ogni caso, credo che le farà bene parlare con uno psicologo. Qui in ospedale la può assistere il dottor Albescu.

– Non penso di averne voglia.

Lui rimane sorpreso e prima di parlare allarga le mani: – L'importante è non aspettarsi comprensione dai chirurghi. Noi siamo solo dei macellai in camice bianco.

D'improvviso dalla finestra entra un barbaglio di sole, e in quel momento bussano alla porta.

– Buongiorno, entri pure! – vocia il medico. Mi volto sicura di ritrovarmi l'agente, invece è Angelica che viene a sedersi di fianco a me. Mi tira un'occhiata sghemba per capire se ho combinato casini. – Si porti a casa sua madre, ha bisogno di riposare su un letto, – le dice il dottor Petran in tono paterno. Angelica annuisce con un sorriso timido, poi gli chiede se ci sono novità. – Lo giriamo una volta al giorno perché la pelle non soffra. Il neurologo ha deciso che per gli altri esami si può aspettare la settimana prossima, non è il caso di stressarlo ulteriormente, – conclude mentre si alza e si avvia verso la porta.

Loro due continuano a parlare e intanto escono fuori dallo studio, io resto indietro a guardare il quadro della laurea e le fotografie dei figli appese alle pareti. In quella al centro il medico è ancora giovane e tiene in braccio una bambina con dei riccioli neri. A Milano, sul comodino della mia camera, anch'io ne ho una uguale. Vedendola mi hanno chiesto se ho un figlio piccolo, ma non è cosí. Riesco a guardare solo le fotografie in cui sono ancora una madre.

– Adesso per favore vieni via? – ripete Angelica quando la raggiungo nel corridoio.

– Va bene, ma nel pomeriggio voglio tornare.

– Fa' come ti pare, ma se resti fuori avvisami.

– Ho parlato col dottore, c'era anche un poliziotto.

Angelica annuisce, non sembra stupita.

Sul tram che ci porta alla stazione ci sediamo vicine e restiamo in silenzio a guardare i palazzi che sembrano blocchi di ghiaccio sporco.

– Hai sentito tuo padre?

– Sí, ieri.

– Passerà di qui?

– Non lo so, – dice Angelica, che in un attimo si accorge di essere arrivata all'università e scende senza darmi un bacio. – Ci sentiamo piú tardi, mamma! – mi grida dal marciapiede.

Avrei voluto chiederle di non andare a lezione. Entrare in casa con lei sarebbe diverso, la sua voce mi distoglierebbe da tutto quel caos. Le ragnatele sui soffitti, il pergolato in rovina, la mansarda ancora da sistemare: la colpa in cui mi devo specchiare ogni volta che ritorno. È come l'ombra, la mia colpa, non resta indietro nemmeno se mi metto a correre.

La prima volta che sono rientrata a Rădeni, Filip mi aveva fatto una festa a sorpresa. Mia madre aveva cucinato come fosse Pasqua, erano venuti gli amici. Era stata una serata stupenda. Quella notte, prima di fare l'amore, Filip mi aveva ripetuto che dovevo avere fiducia, la nostra sarebbe diventata una casa di signori, con il tetto spiovente e la mansarda rimessa a nuovo. Io mi ero sforzata di credergli e mi sentivo fiera di mantenere la famiglia. Invece erano tutte balle. È proprio uguale a Filip quella casa, incapace di crescere. Ed è uguale anche a me, che mi sento una cosa a metà.

Al capolinea del tram, vicino alla stazione dei treni, si prende un autobus verde. Questo piazzale di Iaşi è lo stesso da cui ogni giorno arrivano e partono i pullman delle badanti dirette in tutta Europa. Una decina di loro è appena scesa, ferme sul marciapiede le donne controllano l'autista che scarica i bagagli. Gli dicono di fare piano, di stare attento alle loro cose. Lui consegna poco alla volta i pacchi accatastati geometricamente e cerca di non fare caso alle loro voci. Sono pacchi zeppi di cibi, vestiti, giocattoli, elettrodomestici... Anch'io arrivo sempre con qualcosa, per far conoscere un po' il posto dove vivo. In Italia, invece, non porto mai niente: ai vecchi e alle loro famiglie interessano solo le mie braccia.

Già dopo qualche fermata i palazzi coi balconi affollati di lenzuola stese spariscono, le strade da trafficate si fanno vuote e strette. La gente che sale indossa bluse grezze e cappelli di feltro, pantaloni a coste di fustagno e stivali al ginocchio. Scorrono dal finestrino casolari e sentieri sassosi, carri trainati da cavalli e staccionate dipinte. Da ragazza, quando con la bicicletta mi perdevo per le campagne, ritrovare il recinto di Vadim voleva dire essere a casa. Dentro brucavano due cavalle e un bufalo nero con l'aria sonnolenta. Di fianco al bufalo ci stava Vadim, il forcone del fieno in mano e gli occhi persi a fissare il vuoto.

Sotto il ponte di pietra c'è puzza di piscio. Costeggio un campo a maggese e dopo la farmacia di Huana mi trovo di fronte la casa di mia madre. Faccio il giro largo pe non farmi vedere.

In piazza accelero il passo, ma non basta. Le ragazze della bottega del pane mi corrono incontro.

– Come sta Manuel?

– Dorme, – rispondo senza togliermi la sciarpa dalla bocca.

– Ma come è successo?

Ho voglia di levarmele di torno. Anche la gente che conosco fin da bambina è diventata estranea. Mi sento sempre squadrata, il volto sotto esame per capire quanto sono invecchiata, per controllare se le labbra e il collo sono gonfi come quelli degli alcolizzati. Non capisco mai se mi guardano con invidia perché adesso avrei i soldi per ristrutturare la casa o se mi commiserano perché tanto, anche se un giorno non avrò piú il tetto in lamiera e l'aia in disordine, quella casa non me la godrò mai.

Mi metto al centro della strada di ghiaia e frugo nelle tasche del piumino per cercare il pacchetto di sigarette che si è accartocciato insieme ai fazzoletti. La guardo sempre con la stessa rabbia e la stessa delusione, la casa. La mia famiglia sono questi calcinacci.

Prendo la scala esterna che porta al piano di sopra, per prima cosa devo controllare se ci sono i topi. Non c'è niente che mi fa piú schifo dei topi, ma per non sognarmeli la notte devo controllare. Mi faccio largo tra un secchio di malta indurita e gli attrezzi sparsi a terra, incrostati di ruggine. Tocco il muro di cartongesso che l'ultima volta non c'era, odora ancora di pittura fresca. Di fianco vedo una pila di piastrelle, col tallone la tiro giú e quelle in cima si rompono a metà, senza disfarsi in cocci. Spengo la sigaretta per terra e penso che è proprio ora di fare un fioretto. Allora, siccome ho ancora voglia di fumare, butto il pacchetto di Camel e lo pesto coi piedi come fosse uno scarafaggio, giurando che non fumerò mai piú.

Riprendo le scale e scendo di sotto. Fa freddo e c'è disordine. Ammucchio le lenzuola per terra, accendo il riscaldamento e metto in moto la lavatrice. Me lo ricordo bene il giorno in cui sono arrivata a Rădeni con la lavatrice nuova. Mi ero fatta portare col furgone fin sulla strada di ghiaia. Mia madre si sentiva cosí orgogliosa... Si guardava attorno sperando che i vicini ci vedessero.

«Tuo marito è un cetriolo, tu invece sei forte come le donne sovietiche!» aveva esclamato serrando le labbra e stringendomi i polsi. Da quando sono partita cerca di starmi vicino; certe volte, per farmi una sorpresa, mi telefona a metà mattina: «Parla con me, solo una madre capisce una madre» dice. Se mi lamento delle mie giornate mi rimprovera: «Invece sei fortunata, Daniela, ricordati che la vita la capisce solo chi mette le mani nel cesso».

In cameretta ci sono i libri di scuola, la carta da disegno, la maglia di Ronaldo, il poster di un rapper che penzola sopra il letto, le scatole di caffè italiano trasformate in barattoli per le penne. Senza accorgermene mi piego sulle ginocchia, come se mi avesse trapassato un proiettile. Mi graffio la faccia mentre piango. Quando riesco ad alzarmi m'impongo di non mettermi a frugare tra questa roba. Rovistare è peggio di piangere. È arrendersi all'idea che tutto sia da smantellare, chiudere ogni cosa dentro cartoni che nessuno aprirà piú.

Infilo la testa sotto l'acqua fredda, il getto che arriva sul collo mi intirizzisce. Mi avvolgo un asciugamano a mo' di turbante e spolvero istericamente le mensole. In un cassetto trovo la cornice d'argento con la fotografia del mio matrimonio, la tiro fuori e la spacco contro lo spigolo del tavolo. Resto a guardare i vetri sul pavimento mentre strappo la foto in quattro. Tanto quella non sono piú io.

In un attimo sotto il pergolato inizia una processione di gente. Ad ognuno mi tocca dire qualcosa, scodellare frasi fatte, perché è sempre il modo piú veloce per toglierseli dai piedi.

– Non voglio pensare al peggio, – ripeto, e il peggio lo sento che mi scava dentro come una talpa.

– Queste cose succedono ai ragazzi senza madri, – dice la maestra della scuola elementare che mi guarda con quella sua aria saccente.

– È successo anche ad altri che conosco, – aggiunge un'altra.

– Ma gli avevi comprato il motorino? – interviene un amico di mio padre.

Quando la processione finisce tiro fuori dalla panca uno zaino e lo riempio di vestiti puliti. Ragiono sul bus da prendere in modo da essere in ospedale per l'ora delle visite.

Fuori dalla porta incontro Anna, la mia migliore amica. È in paese perché sua sorella ha avuto la terza bambina. Mi abbraccia forte, dice che vuole venire con me.

– Non oggi, – le rispondo.

– Ma domani riparto!

– Non oggi, ti prego.

Io e Anna siamo cresciute assieme. Ci siamo scambiate i vestiti, i trucchi, i diari, una volta anche un ragazzo. Siamo state compagne di classe alle elementari, alle medie, all'istituto artistico. Poi ci siamo sposate e la vita è cambiata. Lei faceva la cuoca in una scuola elementare, io ho fatto per un po' la fioraia prima di essere assunta come impiegata in un'azienda.

«Sono una cuoca eppure faccio la fame, come è possibile?» chiedeva perplessa quando fumavamo una sigaretta. Quanto ho riso con lei. Anna passava le ore a raccontarmi i suoi sogni, e si lamentava che invece io non ci facevo caso né mi scervellavo per capire cosa volessero dire.

«Cosa vuoi che significhi? – le chiedevo. – È solo un sogno!»

«Non capisci niente, – ribatteva. – I sogni parlano di quello che ti vergogni di dire, o ti riportano un pensiero che stavi per dimenticare!» rispondeva infastidita. Spesso mi obbligava a raccontarle l'ultimo che avevo fatto, tirando fuori delle interpretazioni astruse che facevano ridere.

«È inutile che ridi, io sono cosí, mi lascio trascinare dai sogni anche da sveglia. Avanti su, dimmene uno!»

«Te l'ho detto, non mi viene in mente».

«Peggio per te, – sbuffava. – Ti rimarrà solo la realtà».

A quel punto mi indispettivo e le rispondevo di starsene zitta se doveva dirmi certe cose.

Ogni tanto io e Anna ci facciamo qualche chiacchierata su Skype. Ci diciamo che non siamo cambiate, perché è una frase che dà un po' di coraggio. Lo sappiamo entrambe che non è cosí, la distanza taglia le gambe anche ai piú forti. Quelle rare volte che ci vediamo a Rădeni, però, prendiamo ancora le biciclette, come se davvero il tempo non fosse passato. Pedaliamo per chilometri, e mentre costeggiamo il lago Anna fa la conta di chi è partito.

«Ormai qui le donne ci sono solo sui cartelloni della pubblicità».

«Il piano telefonico che ti fa sentire sempre vicino a chi ami!» rispondo ripetendo l'annuncio del manifesto appeso in piazza. C'è una tizia pressappoco della nostra età, indossa un vestito di raso rosso, due figli adolescenti la guardano col cellulare attaccato all'orecchio. Ridono mostrando i denti bianchissimi.

– Cosa posso fare? – chiede Anna rallentando il passo.

– Quello che ti viene.

Mi prende le spalle e le spinge indietro: – Devi stare dritta, Daniela, dritta.

Il campanile batte le tre, la abbraccio e taglio per i campi. Non sono nemmeno passata a salutare mia madre.

Il dottor Petran vedendomi appoggiata agli armadietti del corridoio si avvicina: – Lei è molto strana, signora. Prima fa tutte quelle storie, poi nell'orario di visita se ne sta lí al cellulare.

– Scusi, ero sovrappensiero, – rispondo imbarazzata.

Mi fa segno di seguirlo e mentre digita un codice sulla tastiera di fianco alla porta m'infilo la mascherina, i copriscarpe monouso e disinfetto le mani.

– Qualche ora fa lo abbiamo girato, la pelle è ancora tonica. Il rischio di piaghe per adesso non c'è.

– Ieri notte mi è sembrato che gli brontolasse lo stomaco.

– È possibile, l'alimentazione artificiale non sazia, – dice allontanandosi verso l'altro capo della sala.

Mi siedo, metto le mani sotto le gambe e avvicino la bocca al tuo viso.

– Ehi, Chicco di sale, stai sognando?

Mi sono scritta sulla Moleskine delle cose che voglio raccontarti. Sono ricordi sparsi che mi sorprendono come fulmini: mi incanto a seguirli per poi perderli in un attimo. Oggi, per esempio, vorrei a tutti i costi guardarti le gambe, toccarle per controllare se i muscoli si sono afflosciati. Da bambino non facevi che giocare a calcio, e anche se adesso ti sei messo a fumare e Angelica dice che te ne stavi pomeriggi interi davanti al Nintendo, me le ricordo bene le tue gambe che sfregavano i recinti dei cortili dove finiva il pallone. «Pelle tosta», ti chiamava tuo padre.

Il dottor Petran mi tocca la spalla: – Mancano cinque minuti, signora. Oggi non si discute, vero?

Provo a concentrarmi per raccontarti almeno una cosa, ma mi sento vuota, come se il tuo sonno avesse contagiato anche me. A te chiude gli occhi, a me uccide i pensieri. Tutti i pensieri tranne uno.

D'improvviso l'infermiera spalanca la porta per fare largo a due uomini col camice verde che collegano l'ossigeno a una bombola. Sbloccano le ruote e spingono il letto di una ricoverata verso l'uscita. Lei tossisce, forse sputa sangue. Mi accorgo di questo solo quando sbattono contro la mia sedia, sotto cui si è incastrato un tubicino.

– Si levi! – sbraitano quei due mentre cercano di sbrogliare la matassa. Io scatto in piedi. Uno solleva la sedia prima di buttarla per terra, il campanello per chiamare le infermiere suona all'impazzata. – Vada fuori! – mi grida l'altro. – Esca subito!

Vago come un randagio per i sotterranei dell'ospedale, infilo monete a caso nella macchinetta del caffè, e quando mi rendo conto di non essere riuscita a raccontarti un solo ricordo – anche una piccola cosa inutile – la prendo a pugni. – È tutta colpa mia! – grido.

Appena torno in me vado a sedermi col bicchiere di plastica in mano su una panchina, di fianco a un cestino che trabocca. Mi mangio le unghie, mi mordo le labbra. Un operaio sta verniciando una porta appoggiata su due cavalletti, lancia un mozzicone prima di entrare in un magazzino. Come una tossica ci corro vicino, ma invece del fumo nel naso mi arriva l'odore pungente della vernice. Mi guardo attorno e poi lo raccolgo. Lo aspiro avidamente fino al filtro, sentendo sulle labbra quella saliva non mia e la brace che mi scotta le dita. Sto prima meglio, poi peggio.

Non sono nemmeno capace di mantenere una promessa per te.

Faccio avanti e indietro nella penombra del corridoio. Sul telefono trovo tre chiamate di Angelica e un messaggio: *Sei la solita*.

Va tutto bene. Domani ti chiamo, le scrivo.

Dopo gli studi dei medici vedo una stanza vuota, la chiave è infilata nella serratura. Un letto, una scrivania, un armadietto di metallo: sembra un ambulatorio dismesso. Resto indecisa sulla soglia, poi di scatto mi chiudo dentro. Mi tremano le gambe e per calmarmi tocco con le mani le pareti. Pulisco l'armadio con i fazzoletti di carta e sistemo lo zaino sul ripiano centrale. Apro lentamente la porta, guardo la corsia da una parte e dall'altra, come fosse uno stradone da attraversare. Infilo la chiave in tasca ed esco di nuovo.

Se il dottor Petran era in sala all'orario delle visite certamente farà il turno di notte: lo tirerò per il camice e lo trascinerò in quella stanza. Mi metterò a implorare, a minacciare, gli stringerò le mani al collo pur di rimanere lí. «Piú lontano non posso stare», gli ripeterò all'infinito.

Mi apposto vicino ai citofoni che i parenti usano per comunicare con i ricoverati della Terapia intensiva. Quando mi vede dal vetro il dottore mi volta le spalle e continua a parlare con un'infermiera.

– Ha visto cos'è successo prima? – dice quando esce in corridoio il dottore. – Capisce il pericolo?

– La prego, venga con me.

Cammino veloce ma lui non accelera il passo. Sulla soglia dell'ambulatorio mi tocca la fronte: – È pallida, farà bene a mangiare qualcosa.

Mi fa portare un piatto di zuppa di verdure, una sbobba rappresa e senza sale che mangio seduta davanti a lui alla scrivania. Mi sento un animale vecchio e sciancato di cui forse potrebbe avere pietà.

– Se domani mattina entro in sala verso le sette va bene?

Lui tira un lungo respiro dal naso: – Che cosa farà tutto il giorno?

– Gli parlerò.

– E cosa gli dirà?

– Oggi pomeriggio gli stavo raccontando di quando suo padre gli aveva insegnato ad andare in bicicletta, ma mi distraevo in continuazione. Mi venivano in mente le sue gambe, mi chiedevo se le muoverà ancora.

– Perché non dovrebbe muoverle?

– Non lo so, – dico con la bocca piena.

– Adesso dorma.

– Allora posso restare?

– Domani senz'altro verranno a cacciarla, ma stasera io non ho visto niente.

– Grazie, dottore.

– Se ha freddo chieda una coperta all'infermiera.

Il tuo volto schiarito dalla penombra, i ricoverati che dormono il sonno dei malati, il signore con gli occhiali spessi che russa e ha la fronte sudata: questo vedo appena entro in Terapia intensiva. Sono le sette in punto. Le infermiere si muovono come formiche per la sala, i medici entrano ed escono senza sosta. Mi guardano in modo diverso, certi momenti come una matta, altri con quel fastidio con cui si adocchia una privilegiata.

Quando nessuno mi vede passo la mano tra quella massa di capelli lisci che, se solamente potessi stare in piedi, ti scenderebbe sugli occhi. Rimango per tutta la mattina con i gomiti puntati sulle ginocchia, piegata in avanti per osservare il tuo viso. La linea della bocca oggi è piú rigida: sei arrabbiato?

Prima di entrare mi sono sciacquata rapidamente con l'acqua fredda nel solito bagnetto. Ho bevuto il caffè della macchinetta sui gradini, rileggendo sulla Moleskine gli appunti che ho preso. Stamattina ho scritto con la penna nera sopra dei vecchi disegni a matita che ci sono nelle prime pagine: *Quando al supermercato staccavamo dai pacchi delle merendine i tagliandi per la raccolta punti*. Avevi otto anni, eri vivace e allegro. Giocavi con i figli di Dorian e Adelina, che poi sono emigrati in Germania. Hai visto casa loro? La veranda ormai è sepolta dalle erbacce. Il sentiero che da una parte dà verso il bosco e dall'altra sui campi di girasole segnava i confini della famiglia e del mondo.

Andavi a scuola volentieri, le maestre dicevano che eri bravo, conoscevi moltissime parole e parlavi come uno piú grande. Tua sorella sembrava già una donna, passava le giornate a ballare sotto il pergolato. Era sempre innamorata di qualcuno. Quando arrivava la primavera se ne andava con le amiche sul muretto di pietra dietro la chiesa: stavano ore coi piedi penzoloni a confidarsi segreti. Le piaceva preparare i biscotti e se venivano duri come sassi li mangiava lo stesso, fingendo orgogliosa che fossero una bontà. Era cosí placida e obbediente che a volte mi dimenticavo di lei. Litigavamo soltanto perché voleva andare a scuola truccata e con le scarpe col tacco.

Tuo padre non lo amavo già piú, ma non pensavo che ci saremmo lasciati. Credevo fosse inevitabile: l'amore si consuma in fretta, specie se ti sposi giovane. Il sabato Filip finiva di lavorare nel primo pomeriggio, si fermava al bar con gli amici e a sera tornava ubriaco. Ma il resto della settimana no, in quegli anni era ancora vitale, aveva voglia di portarci a fare gite in posti che solo lui conosceva. Sapevo di non essere il suo primo pensiero, ma ero convinta che questa fosse la sorte di qualsiasi donna, il resto erano eccezioni. Anzi, erano le favole.

Be', insomma, quella storia di noi due che andiamo a sgraffignare tra gli scaffali di un supermercato per vincere un canestro da basket da attaccare all'armadio della cameretta, forse non te la ricordi ma era divertente. Tu fai il palo a inizio della corsia, io fingo di scegliere tra biscotti e merendine e intanto taglio con un'unghia il riquadro col punto. A volte la plastica sottile del pacco si appiccica alle dita, altre cade a terra e allora – per recuperarla senza dare nell'occhio – faccio finta di allacciarmi le scarpe.

Ma adesso basta. Questi sono solo ricordi che confondo con altri ricordi. Devo continuare a raccontarti quello che ho fatto per te, quello che è successo quando sono partita. Tutto, con ordine. Cosí al risveglio dovrai perdonarmi. Anzi, sarò io a perdonare te. Tu mi chiederai scusa.

Durante la prima notte Giovanni si prese a pugni il petto bestemmiando la Madonna per la tosse che non lo lasciava in pace. Dalla porta socchiusa lo vedevo fare avanti e indietro ai piedi del letto e spalancare le braccia. Non sapevo che fare.

Il mattino dopo mi presentai da lui con una tazza di latte caldo e solo allora mi accorsi che avevo dormito vestita. Mi domandò ancora chi ero, ma non ringhiava piú. Bevve con entrambe le mani, fermandosi ogni tanto a riprendere fiato: – Ora dammi le medicine, – ordinò pulendosi la bocca col dorso della mano.

Cercai di decifrare la grafia sbilenca di Ernesto e sciolsi in un bicchiere d'acqua le gocce contandole ad alta voce. Lessi poi su internet che servivano a calmare il panico senile, gli accessi d'ira della demenza.

– Bevo?

– Sí, bevi Giovanni.

Dopo un sorso il bicchiere gli scivolò di mano e lui restò stupito a guardare i vetri che luccicavano per terra nell'acqua. Mentre cercavo la scopa Giovanni ci camminò sopra scalzo e filò in camera perdendo sangue da un piede. Il pavimento si macchiò di strisce rossastre.

Iniziò a tirare pugni contro l'armadio. Io avevo paura di entrare nella sua camera piú di quanta ne avessi avuta la notte. Me ne stavo nel corridoio col telefono in mano: che stupida ero stata a credere che me la sarei potuta cavare. Le altre dovevano essere piú pratiche di me, che forse ero brava a lavorare in ufficio, a trattare coi clienti, ma non a curare i vecchi. A me non è mai importato niente, dei vecchi.

Per non sentire quel fracasso mi misi a lavare i piatti della sera prima. Improvvisamente Giovanni comparve sulla soglia, appoggiato al suo bastone mi guardava con occhi stralunati.

– Via, via! – gridava.

Mi asciugai le mani insaponate sui jeans. Ripetevo: – Calma Giovanni, guardiamo un po' di televisione?

– Vattene!

– Vuoi sentire le notizie?

Quando ero ormai sotto scacco tra il lavandino e la finestra ebbi talmente paura che gli corsi contro. Lui si accasciò a terra urtando la spalla sulle piastrelle della cucina, io presi le scale. I gradini due alla volta, i pugni sull'interruttore del portone che non si voleva aprire e finalmente l'aria fredda, la strada, le persone.

Ernesto arrivò a casa verso le dieci del mattino. Indossava una tuta da meccanico e aveva il contorno delle unghie nero di grasso. Alla sua vista Giovanni andò a sedersi di fronte alla tv, come un gatto che si nasconde sotto i mobili. Il figlio gli disse parole cattive con una calma di ghiaccio che mi fece avere paura anche di lui. Giovanni non si toccava piú la spalla e io non riferii che l'avevo spinto per terra.

– Perché non gli hai ridato le gocce? – mi chiese Ernesto.

– Ci ho provato, ma mi spingeva via.

Allora, senza proferire parola, andò vicino al padre e mise le dita a tenaglia per aprirgli la bocca. Giovanni si dimenava ma quello continuò a stargli sopra e a strisciargli la tuta addosso fino al raggiungimento del suo obiettivo. Quel corpo a corpo doveva essere una scena abituale.

– Ora si calmerà, – disse passandosi le mani sulla faccia per levarsi il sudore.

Una parte di me voleva restituirgli i soldi e tornarsene sul piazzale dei pullman, piantarsi all'uscita della metropolitana e aspettare il primo catorcio che tornasse in Romania.

– Vuoi un caffè? – chiesi, tanto per dire qualcosa.

– Sí, – rispose sedendosi al tavolo della cucina. – Devi fare cosí se si rifiuta, alla fine cede.

– Non è facile, tuo padre è forte.

– Lo so... – disse prendendosi la testa tra le mani. – Le badanti scappano con lui, non so piú cosa fare. Se morisse sarebbe meglio.

– Ma è tuo padre!

Fece un gesto come a dire che non ne sapevo niente, poi andò a sciacquare la tazza e se ne tornò in officina.

Di là Giovanni dormiva sulla poltrona, stordito dai farmaci. Gli levai la calza bagnata di sangue, gli medicai il piede togliendo la sporcizia dalla ferita e lo fasciai con una garza. Cosí rincagnato era gracile e inerme, mi sentivo un'assassina ad averlo spinto a terra.

Mentre dormiva scesi a comprare una busta di minestrone surgelato, uno sgrassatore e una tavoletta di cioccolato per farmi perdonare. Al ritorno lo trovai in cucina che parlava col canarino nella gabbia. Aveva il cappotto addosso, un cappello di lana in testa e una sciarpa rossa stretta al collo. Nella mano stringeva il bastone. Rimasi a guardarlo mentre riempiva la vaschetta di semi alla bestiola che pigolava saltando da un trespolo all'altro. Non si accorse nemmeno che ero tornata, e quando lo chiamai per nome si girò di scatto e disse: – Ndém?

A volte, quando parlo in italiano, mi fanno notare che in realtà sto dicendo una parola in milanese o in pugliese, perché Giovanni era di Milano e la signora Elena di una città sul mare dove lei sognava di tornare perché aveva ancora una vecchia casa che i figli non curavano piú.

– E dove andiamo?

– Alla Villa, no? – rispose come se avessi chiesto un'ovvietà.

– Ma non so dov'è.
– E allora seguimi che impari.

Camminava piano, con quel piede storto che lo rallentava e non lo lasciava stabile. Ogni due per tre si lamentava che il bastone non aderiva bene a terra e ripeteva: – Reggimi Susanna.
– Mi chiamo Daniela, non Susanna!
– Sí, ma reggimi lo stesso.
Villa Litta è un parco enorme e verdeggiante, uno dei posti piú belli della città. Mi faceva venire in mente quando portavo te e tua sorella a fare i picnic in un campo pieno di primule vicino al fiume. All'epoca la mia vita non somigliava affatto a quella di adesso.
Giovanni si fermò a guardare la vasca della fontana, con le foglie e gli insetti morti che ci galleggiavano sopra, poi entrammo nel parco. Quando gli domandavo qualcosa storceva la faccia in smorfie strane. Se ne stava intabarrato a guardarsi attorno, e se incontravamo qualche altro vecchio accompagnato dalla sua badante mi toccava col gomito: – Hai visto quanta bella gioventú?
In effetti non avevo mai notato cosí tanti vecchi in giro. Mi sa che ognuno fa caso a quello che vuole. Prima di sposarmi vedevo ovunque ragazzi, dopo che sono rimasta incinta dappertutto pance.
Imparai presto le parole della vita di Giovanni, che erano per lo piú quelle dei suoi mali. I vecchi ne hanno poche, di parole. Non devono piú dare i nomi alle cose, sono contenti se riescono a recuperare quelli dimenticati. Le prime parole che ho imparato in Italia sono stati i nomi delle malattie, i principi attivi dei farmaci, le parti inferme del corpo… Quando me ne rendevo conto impietrivo. Allora mi obbligavo a imparare cinque parole di cose che amavo, prendevo lo smartphone e cercavo *tulipano*, *quercia*, *budino*, *baciare*, *cavallo*. E il giorno dopo altre cinque: *torta*, *fragole*, *tempera*, *giardino*, *patate fritte*. Con l'italiano miglioravo giorno

dopo giorno e se ancora non ero capace di dire qualcosa di spiritoso avevo però trovato un modo infallibile per arricchire il mio vocabolario.

All'inizio avevo talmente paura di non riuscire a farmi capire che la notte pregavo: «Muoviti Daniela, altrimenti crepi come un turco nel Mar Nero», dicevo agitata sotto le coperte. Il metodo era semplice ma efficace: attaccavo post-it ovunque. Sulla credenza scrivevo *credenza*, cosí quando mi serviva quella parola andavo lí davanti a leggerla. Funzionava bene tranne quando Giovanni me li staccava per farci delle palline che poi lanciava contro la televisione appena comparivano i politici.

– Farabutto, va' a lavurà! – borbottava tirandone fuori una manciata dalla tasca del golfino.

Col passare dei mesi faceva sonni piú lunghi e agitati e io capivo che la demenza se lo stava mangiando. Si strozzava e tossiva cosí tanto che volevo chiamare l'ambulanza. Quando si placava lo facevo sedere sulla poltrona e gli accarezzavo la testa sudata. Lui mi lasciava fare, certe volte lo sentivo soffocare i singhiozzi. Altre mugolava per ore intere, coi pugni stretti e tremolanti. Un buon modo di distrarlo erano le carte napoletane: – Su, vieni a fare un solitario che vediamo come sta la memoria, – gli dicevo. Allora lui si metteva d'impegno, concentrato come uno scolaretto, e se riusciva a finirne uno rideva con un suono simile a uno squittio, mostrando i denti ancora forti, scuriti dagli anni. I guai tornavano dopo cena perché non si voleva né lavare né cambiare né prendere le ultime medicine. Dovevo inseguirlo per tutta la casa mentre farneticava. Diceva che nella vita l'aveva cambiato solo sua madre: – Quindi adesso mi porti il telefono che la devo chiamare!

– Giovanni, vieni qui che ti cambio io.

– No! O lei o nisba!

– Giovanni, fai il bravo.

– Dammi il telefono!

– Ma tua mamma è morta da vent'anni!

– Taci, diavola!

A volte trovavo il modo di convincerlo, altre mi strattonava dandomi della puttana. E non so, forse era la sera, forse che arrivavo troppo stanca e durante il giorno non scambiavo mezza parola con nessuno, ma non avevo quasi mai la forza di insistere. Non lo lavavo e lo lasciavo dormire vestito.

Le mie serate finivano sempre sul balcone. Mettevo il giubbotto sopra il pigiama, rubavo le pantofole a Giovanni e mi accendevo una sigaretta. Guardavo il comignolo del palazzo di fronte che sbuffava e mi ricordavo di quando, da piccola, andavo al fiume con mio padre a pescare. O quando anch'io soffrivo d'asma e mia madre mi dava uno sciroppo che aveva il sapore dell'olio. Stavo seduta su uno sgabello che poi riportavo dentro, infilandolo nel ripostiglio. Giovanni poteva pure usarlo per buttarsi di sotto, se le gocce non gli facevano effetto.

Dopo aver fumato vi telefonavo. Lo so, non avevo mai niente da raccontare, ti chiedevo sempre le stesse cose, me lo rinfacciavi in continuazione. Ma cominci a capire quali erano le mie giornate? Mi sentivo svuotata. Ero solo affamata di te.

Prima di andare a dormire preparavo una tisana, la mettevo in un thermos e quando la notte gli prendevano gli attacchi d'asma mi alzavo a dargliela. Giovanni si aggrappava alla sponda del letto, afferrava il thermos e mi cacciava via. In quel buio illuminato solo dalla luce anemica che veniva dalla strada era pallido e ossuto; ancora non riuscivo a credere di averlo spinto per terra. Da vecchio non sei né alto, né grosso. Sei solo vecchio.

Un giorno gli chiesi: – Giovanni, ti vado bene come badante?

Lui fece mezzo sí con la testa, poi disse: – Certo se eri negra era meglio.

Smisi di camminare e gli chiesi di ripetere.

– Ebbè sí, – spiegò con semplicità. – Le negre sono piú abituate a farsi comandare. Voi dell'Est, invece, siete delle dittatrici.

Poi mi cercò il braccio, e quando commentai che ero allibita brontolò che la stavo facendo troppo lunga e lo lasciassi un po' in pace.

Al ritorno da ogni passeggiata ci fermavamo al bar e lui ordinava due decaffeinati senza mai chiedermi cosa volessi. La sera dovevo ricordarmi di mettergli le monete nel portafogli perché ci teneva a pagare anche per me.

«Grazie Giovanni», dicevo alla cassa. E lui puntualmente rispondeva: «Cià, 'ndèm a ca'».

Ernesto ormai passava solo il sabato per pagarmi. Col padre scambiava poche parole, faceva domande di rito e

Giovanni gli rispondeva a monosillabi, senza distogliere la faccia dal televisore. Aveva sempre gli occhi arrossati, Ernesto, come uno che fuma marijuana.

Una volta si fermò a cena e mi raccontò che si stava separando dalla moglie e aveva un figlio alle scuole medie.

– Appena passa questo momento ti metto in regola, – disse mentre sbucciava un'arancia.

– Guarda che se non mi assumi prima o poi me ne vado, – gli risposi. – Tuo padre ha ripreso a mangiare e a camminare, lo vedi?

Lui ascoltava con un orecchio solo, guardava ogni minuto il cellulare perché voleva tornarsene ai fatti suoi. Stare con noi era un supplizio e certe volte anch'io ero a disagio. Pensavo a mio padre, un uomo duro ma buono: quando ci ritrovavamo da soli in casa mi offriva sempre un bicchierino di grappa di prugne e ce lo bevevamo davanti alla stufa che affumicava la parete. Quando è morto curavo Oreste, il malato di Alzheimer per cui lavoro ancora adesso. Il corpo avvizzito di quel vecchio lo conosco meglio del suo, che ormai è solo un mucchio di cenere.

A volte ero di cattivo umore e mi mancava l'aria. In quei momenti ero io che urlavo a Giovanni. Lui mi guardava stranito, spesso si spaventava e se ne andava nell'altra stanza borbottando che era meglio una badante del Mozambico. Certi giorni non voleva alzarsi dalla poltrona, restava muto per ore e quando apriva bocca faceva dei versi lamentosi che mi trapanavano il cervello. Riemergeva ogni tanto dicendo «Dunque?»

Allora, come mi aveva spiegato la geriatra, cercavo di raccontargli cosa stava succedendo attorno a lui. Veramente diceva anche di non urlargli, la geriatra, e di non forzarlo a mangiare, ma io queste cose le facevo lo stesso. Avevo capito che Giovanni ormai si impauriva delle mie grida e quando diventava petulante con i suoi versi e mi snervava ripetendo sempre la stessa cosa, o quando non voleva abbassare il volume della tv, gli urlavo. Tanto Ernesto non mi avrebbe mai scoperta: mi sentivo sicura e impunita. Per giustificarmi dicevo: non è il tuo mestiere, Daniela, è normale che ti scappi la pazienza.

Certe volte, invece, mi sentivo una carogna e mi veniva in mente sempre lo stesso pensiero: il giorno che Giovanni morirà dovrò trovarmi un altro vecchio, cambiare casa, adattarmi in una nuova stanza e prima o poi pure quell'altro vecchio che ancora non conosco morirà. Insomma la mia vita, finché non tornerò a Rădeni, sarà sempre veder morire dei vecchi, pensavo. E mi veniva in mente quando da bambina nella chiesa di legno m'incantavo davanti ai mozziconi di candela che si spegnevano su se stessi.

Dalle due del sabato pomeriggio alle sette della domenica sera ero libera. Avevo talmente l'ossessione di tornare al piú presto in Romania che dicevo a Ernesto che non mi interessava avere tutto quel tempo, preferivo i soldi dello straordinario. A lui stava bene, e cosí passai settimane intere senza mai smettere di stare con Giovanni. Io e lui, perché Giovanni oltre a suo figlio non aveva proprio nessuno.

Per il suo compleanno Ernesto portò il padre a fare una passeggiata sul lago di Como, allora andai dall'inquilina del piano di sopra che mi aveva chiesto se ero interessata a fare le pulizie. Lavai ogni stanza con lei che mi pedinava, controllando quanto detersivo mettevo sulla spugna e se passavo il panno della polvere come voleva. Io ero abituata a pulire tutto con l'alcol, mentre quella mi faceva ammattire perché usava una roba diversa per ogni camera. Sopportavo qualsiasi cosa, ero cieca e dicevo a me stessa che non sarei finita come Clarissa, come Anna e tante altre che promettevano di tornare e invece in paese non si vedevano piú nemmeno a Natale. Nel giro di un anno sarei rientrata a Rădeni, con i miei soldi la nostra casa sarebbe diventata signorile e dal pergolato che Filip avrebbe rimesso a nuovo ti avrei guardato tornare da scuola. Tua sorella col passo elettrico e la faccia ogni giorno piú da donna mi avrebbe salutato dalla via, sbracciandosi da lontano.

Pensavo spesso a Rădeni. Da ragazza dicevo: ma che ci sto a fare qui? Guardavo la campagna che di notte diventava nera, e per tutto l'inverno si vedevano solo i tronchi degli alberi argentati di brina e io pensavo che era normale che gli uomini fossero sempre ubriachi. Cosa si può fare qui? Cosa si diventa a Rădeni? Eppure, anche se era un paese fantasma, mi mancava stare in un posto di cui conoscevo le facce, gli angoli, le piante.

Le pareti della stanza in cui abitavo erano spoglie. C'era solo un poster di Ayrton Senna, con quella faccia bella e malinconica che mi incantavo a guardare. Ti ricordi? Se fuori faceva freddo mi sdraiavo sul letto e ti chiamavo da lí. Quando è iniziato l'imbarazzo? Da quando non abbiamo piú avuto niente da dirci? Io ero cosí assalita dal torpore delle giornate scandite dalle pastiglie di Giovanni che non trovavo nemmeno la forza di arrabbiarmi, né riuscivo a dirti parole che potessero farti effetto. E poi sai una cosa? Mi pareva di non averne diritto perché ero stata io, con le mie gambe, a partire. Poco importa che l'avessi fatto per darti le stesse possibilità degli altri: ai tuoi occhi ero scappata, punto e basta.

Mi sembra di capire come sono andate le cose soltanto adesso che ti parlo da questa sedia sgangherata. Eri impietoso, mi fissavi dallo schermo del telefono chiedendomi soltanto di spedirti videogiochi e vestiti. E non venirmi a dire che lo facevi apposta, che era un modo per vedere fino a che punto potevi tirare la corda. Io ci soffrivo, mi mancava come l'ossigeno preparare da mangiare o stare davanti alla tv a sgranocchiare popcorn con te. Ci stavo malissimo, ma non per questo ti giustificavo. Quel torpore che mi fiaccava il corpo, non so come, mi faceva rimanere lucida e convinta che lavare la schiena a Giovanni, cambiarlo e tagliargli le unghie dei piedi sarebbe durato ancora poco. Presto sarei tornata e ti avrei messo in riga – non credere non avessi capito che a scuola le cose non andavano piú come prima – e avremmo ricominciato a stare insieme. Saremmo risaliti sulla vecchia Dyane per girare senza meta nei paesi vicini, avremmo cantato a squarciagola le canzoni dei Queen e ripreso tutto da dove l'avevamo lasciato. Niente poteva davvero cambiare tra noi. Il sangue non si sciacqua.

Un sabato pomeriggio mi telefonò Clarissa. Giovanni dormiva sulla poltrona e io me ne stavo sul divano. Mi ripromettevo di leggere almeno una rivista, ma non ci riuscivo. I pensieri finivano sopra le pagine e alla fine perdevo solo tempo al cellulare o m'imbambolavo anch'io davanti alla tv. Ero diventata incapace di imparare. Chattavo con voi che tagliavate corto: *Stiamo come ieri, mamma*. Allora guardavo i siti di incontri, ma le facce che scorrevano sullo schermo sembravano tutte di plastica. A volte, dopo la doccia, mi toccavo i fianchi e mi passavo le mani sul seno davanti allo specchio per vedere se a furia di stare solo con Giovanni anche il mio corpo stava avvizzendo. Cercavo di capire dal riflesso se potevo ancora piacere a un uomo o se, a quarantasette anni, ero già da buttare. Mi tornava in mente Filip. Dopo che facevamo l'amore si metteva in cucina a fumare seduto al tavolo, poi tornava sotto le coperte e si addormentava chiedendomi di grattargli la schiena. Da quando se n'era andato da Rădeni non l'avevo piú sentito. Certe volte mi prendevano degli attacchi di nervi e volevo alzare il telefono per chiedergli se gli sembrava giusto che voi due foste da soli e noi dispersi per il mondo. Sono diventati i figli di nessuno, te ne rendi conto?, avrei voluto gridargli. Certe altre, invece, mi sarebbe bastato dirgli: hai solo lasciato andare tutto in malora, ma lo so che mi vuoi bene.

– Che ci fai a casa? – chiese Clarissa.

– Gli straordinari.

– Cosa?! – e attaccò una predica che non finiva piú. – È da matti lavorare sette giorni su sette! Devi staccare, vedere delle persone! – e mi parlò di certe che a furia di rimanere tappate in casa con i malati di Alzheimer o di Parkinson si erano messe a bere o erano cadute in depressione.

– Ma io ce la faccio! – risposi.

– Smettila di fare l'onnipotente. A Iași c'è una clinica piena di gente che diceva di farcela, lo sai?

– Una clinica?

– Daniela ascolta, questo lavoro ti consuma, altrimenti lo farebbero gli italiani. Due anni fa curavo una donna con l'Alzheimer, e dopo qualche mese mi pareva di perdere la memoria come lei.

– E cosa vuoi che faccia?

– Chiama il figlio del vecchio e digli di venire a darti il cambio.

– E che scusa m'invento?

– Nessuna scusa, digli che hai bisogno di prendere aria! – rispose secca.

Ernesto protestò che stava sbrigando commissioni, non potevo avvisarlo cosí all'ultimo: – Di settimana non ho mai modo di fare niente, – concluse scocciato.

Comunque dopo un'ora arrivò, e quando raggiunsi Clarissa in largo Cairoli in effetti ero contenta. Facevo grossi respiri e mi veniva da ridere per la gioia di trovarmi inaspettatamente in mezzo ad altra gente. Volevo chiamare Ernesto per farmi dire come stava Giovanni, ma Clarissa mi toglieva il cellulare e me lo rimetteva in tasca.

– Quando non sei in servizio devi pensare ad altro.

– E se ha bisogno?

– Se ha bisogno stai sicura che ti telefona –. E riattaccò con la storia di quella donna: – Non facevo in tempo a mettere un piede fuori che i figli mi chiamavano e io come una scema che correvo indietro. Le accarezzavo il viso, cantavo qualcosa a bocca chiusa, le massaggiavo le spalle per farla calmare. Quella signora voleva solo me. Be', sai dopo che è morta cos'è successo? I figli mi hanno detto che entro un paio di giorni dovevo sloggiare perché avevano già affittato la casa.

– Clarissa basta, mi viene l'ansia!

– Non c'entra l'ansia. C'è anche gente che li maltratta,

i vecchi. Voglio solo dirti che devi avere cura di te, – e ci abbracciammo per strada come due compagne di scuola.

Andammo a farci truccare da un'estetista cinese, poi l'accompagnai a farsi la tinta perché quei capelli sembravano peli di topo. – Adesso per favore ascoltami tu, smettila di andare in giro cosí che sembri piú vecchia della tua vecchia! – dissi per convincerla.

L'Accademia di Brera quel giorno era chiusa, cosí salimmo sopra il tetto del Duomo, nemmeno Clarissa c'era mai stata. Faceva l'esperta della città ma pure lei era sola e aveva dei desideri che secondo me le rimanevano tutti schiacciati dentro. Quanto sarebbe stato bello sulla cima di quella cattedrale essere insieme a te: guardare giú non mi avrebbe dato le vertigini.

– Ma quanti soldi ha chi abita qui? Bisognerebbe farsi un amante da queste parti e spennarlo ben bene! – disse Clarissa ridendo da sola.

– A te non manca casa?

– Certi giorni sí, altri invece per niente, – disse sporgendosi a guardare di sotto la piazza formicolante di gente.

– Davvero?

– Io e mio marito siamo separati, i miei figli sono grandi, – ragionò ad alta voce. – E poi a Rădeni ormai non esisto, tanti non mi salutano piú, altri mi parlano alle spalle. La gente pensa che chi viene qui a lavorare diventi milionario senza alzare un dito, – continuò scuotendo la testa. – E poi da quando vivo in Italia non sopporto la sporcizia, le buche per strada, certi atteggiamenti...

– Io non l'ho ancora capito come si fa a stare bene qua.

– Daniela, invece io adesso mi sento emancipata, – mi confidò. – Non ho il lavoro che sognavo, le cose che ho studiato me le sono dimenticate e fare la badante mi fa schifo. Però poi arriva il sabato e me ne vado in giro, sto con chi voglio, nessuno mi dice niente –. E mi raccontò che di recente era uscita con un tizio conosciuto su Tinder e ci aveva fatto l'amore. – È stato bello, – disse guardandomi in faccia. – Ne avevo bisogno, sai? E poi non è stata una cosa sporca. Dopo abbiamo mangiato i ravioli e lui mi ha riaccompagnata in macchina.

– E lo rivedrai?

– Non lo so, – rispose.

Girammo per le vie di Brera, comprammo due garofani da un ambulante appollaiato sul marciapiede e poi Clarissa mi portò in un posto dove facevano l'aperitivo. Volle restare seduta fuori anche se faceva freddo. Ai tavolini all'aperto eravamo soltanto noi due e una coppia di innamorati che avrà avuto vent'anni. Bevemmo tre spritz e dal buffet ci riempimmo i piatti come morte di fame.

Quando tornai da Giovanni ero alticcia. Mi avvicinai alla sua faccia e gli scoccai un bacio. Lui mi guardò ridacchiando: – Uellà, ci saremo mica prese una ciucca?

– Ma che dici Giovanni?

– Eh già, sai di Campari! – e i suoi occhi a fessura si aprirono per la contentezza di rivedermi.

Alle sette suono il campanello e dopo dieci minuti viene ad aprirmi Alina, l'infermiera che non mi sopporta.

– L'hanno portato via per degli esami. Ripassi tra un paio d'ore –. Poi la sento bisbigliare alla sua collega: – Forse vuole entrare anche nel tubo della Tac... – L'altra a fatica trattiene una risata.

Vado a prendere il piumino e la borsa. Un'inserviente con una divisa azzurra sta pulendo l'ambulatorio dove mi sono accampata.

– Se vuole metto a posto io, – dico scusandomi, ma quella apre le finestre e continua a sbrigare le sue faccende senza nemmeno rispondere.

Cammino a caso per i reparti finché, non so come, mi ritrovo in Ostetricia. Qui sono nata e qui ho partorito i miei figli. La sala dei cesarei affacciava sul corridoio: appena l'ostetrica sollevava il neonato, il padre staccava il naso dal vetro e correva a prenderlo in braccio. Anche per Filip è stato cosí. Filip aveva un'altra faccia da quella di adesso, portava i capelli all'indietro e le sue spalle erano ampie e dritte. Prima di andare al lavoro veniva a darmi un bacio e io sulla porta gli dicevo che sembrava il capo di una banda.

«Meglio bandito che operaio», rispondeva lisciandosi i baffi spioventi.

Il suo sogno era avere tanti soldi, e secondo me anche adesso sognerà lo stesso. Ma non li desidera per comprarsi macchine, gioielli o vestiti, li vorrebbe solamente per passare la vita a far nulla. A lui piace ciondolare per le strade di Rădeni, fermarsi a fare quattro chiacchiere con chi capita, finire al bar e offrire da bere dimenticandosi del tempo. Filip è come un ragazzo, un giorno si sente adulto e quello dopo si comporta come un bambino. Appena si rende conto che un problema è piú grande di lui se ne va da un'altra parte.

Dietro i vetri ci sono due padri, un'infermiera che parla con una puerpera, un paio di ragazze in vestaglia che camminano avanti e indietro con le mani sulle reni. Guardo i muri, le finestre, la sala d'aspetto. Non so se sia ancora uguale a quando ho partorito, non ricordo niente di quei momenti. Ricordo soltanto che dopo il parto sentivo nel naso odore di lievito.

Mangio un'insalata al bar dell'ospedale. Angelica ha promesso di portarmi le polpette di zucchine e la frittata di spinaci, cosí domani non spenderò soldi. Mia figlia non commenta quello che faccio, non si arrabbia piú, mi compatisce e non fa affidamento su di me. Ha imparato a cavarsela, e continua anche adesso che sono tornata. A volte mi sembra di averle tolto la giovinezza e che per questo lei mi detesti. Se la abbraccio resta rigida e guarda altrove.

– È ancora decisa a dormire in quell'ambulatorio? – mi chiede il dottor Petran.

– Certo.

– Contenta lei… – dice digitando il codice sulla tastiera di fianco alla porta. – È andata dallo psicologo?

– Non ancora.

– Aspetti fuori, devo finire delle visite, – e mi allunga un volantino pieghevole.

Gli do un'occhiata senza interesse e prima di capire quello che c'è scritto lo accartoccio tra le mani.

– Non lo butti, signora, – dice il dottor Petran sorprendendomi alle spalle. – Lo so che adesso ha altro per la testa, e lo capisco. Ma su quel foglio si parla di lei, di chi fa il suo lavoro. Proprio adesso che è tutto cosí complicato può esserle d'aiuto conoscere altre madri nella stessa situazione, – e mentre dice cosí accenna un sorriso e mi sfiora la spalla nella speranza di farmi aprire il pugno dove nascondo il volantino.

Lo guardo andare via, e quando la porta della Terapia intensiva si chiude mi metto a leggere quella carta stropicciata. È un incontro organizzato dallo psichiatra dell'ospedale che si terrà sabato nell'aula magna. C'è scritto grande MAL D'ITALIA. Cerco su internet queste parole: gli psichiatri chiamano cosí la depressione che colpisce chi resta per anni lontano da casa e dai figli per accudire gli anziani, i non autosufficienti, i malati. Rileggo il volantino, osservo la foto in bianco e nero della donna che hanno scelto come immagine, stiro col pollice le grinze del foglio: è magra e con gli occhi assenti, il mento sporgente, le labbra lucide. Resto a guardarla come se cercassi di riconoscerla. Rileggo l'invito un'ultima volta, poi strappo il volantino fino a farne un mucchietto di piccoli pezzi e prendo le scale.

Fuori c'è odore di polvere e foglie secche. Guardo le querce, conto i rami, cerco di pensare solamente agli alberi che fanno muraglia tra l'ospedale e il mondo. Forse un giorno conoscerò cosí bene queste querce che darò un nome a ognuna di loro.

– Sai che tu e Manuel siete nati qui? – racconto ad Angelica appena arriva.

– Certo mamma, tutti sanno dove sono nati.

– Nella sala cesarei.

– Anch'io sono nata col cesareo?

– Sí, eri girata di piedi e non ne volevi sapere di cambiare posizione, il dottore fino all'ultimo ha provato a fare una manovra strana... a un certo punto si è messo sopra di me a schiacciarmi la pancia finché gli ho urlato di smetterla.

Angelica aspira forte la sigaretta per non farla spegnere,

poi sorride. Se fossi capace di smettere di fumare chiederei a lei di fare lo stesso.

– Al mare mettevo il costume intero perché ho una cicatrice lunga e nodosa.

– Ti vergognavi anche con papà?

– Un po' sí.

– Pensavo che con lui non ti vergognassi di niente.

– Bastasse sposarsi per non vergognarsi...

Sorride ancora, guardandomi finalmente negli occhi: – Ti va un cappuccino buono?

– Va bene, – rispondo incerta.

Allora mi prende sottobraccio e ci incamminiamo verso il piazzale. Da quando sono arrivata in ospedale non abbiamo nemmeno mangiato un boccone assieme. Vorrei dire tante cose, ad Angelica, ma non trovo mai le parole. Quando è con me perdo i pensieri.

Dalle vetrate del bar m'incanto a guardare la gente che scende dagli autobus, che entra ed esce dai negozi, che attraversa la strada. Il traffico è un frastuono che mi confonde. Serve poco tempo per dimenticarsi di chi prosegue a vivere, dei fatti grandi e minuscoli che continuano ad accadere e di cui non arriva nemmeno l'eco, perché dentro un ospedale diventa legittimo l'egoismo assoluto.

Angelica sorseggia lentamente il cappuccino, come faceva da bambina col latte. Mi trattengo dal farle notare queste cose. La mente va da sola, sempre pronta a confrontare i gesti di adesso con quelli di quando ero una madre.

– Come fa buio presto, – dico guardando il cielo.

– Vedrai che quest'estate staremo tutti bene e festeggeremo con la nonna in campagna.

– Lo pensi davvero?

– Sí, certo.

– Secondo te è stato un incidente?

– Non lo so, mamma. Da quando è morto il nonno stava sempre da solo, ce l'aveva con tutti.

– Perché?

– Non credere che con me parlasse.
– Ma non ti diceva proprio niente?
– A volte mi diceva «Mi sento orfano».

Un giorno di bel tempo cucinai il pastrami, a furia di insistere anche Giovanni lo mangiava. Ne preparai due teglie e una la tenni per me. Per fare quella ricetta ero andata a comprare la carne di manzo e le spezie; insieme allo zenzero e ai chiodi di garofano avevo portato una piantina di maggiorana che appoggiai sul frigorifero. Profumava la cucina. A pensare che quando ero arrivata c'era solo puzza di minestrone e adesso tutto era in ordine, le stanze arieggiate e il pavimento pulito con la candeggina, m'infuriavo di essere tenuta in nero.

Ero stufa di fare gli straordinari e di andare a pulire la casa di quella del piano sopra, cosí affettai la carne, aggiunsi i crauti e in un piatto preparai dei piccoli panini che poi avvolsi nella carta stagnola. Misi tutto dentro una busta di stoffa e andai al parco. Mi suonava in testa quella parola che aveva detto Clarissa: *emancipata*. A pensarci bene non l'avevo mai usata. In passato mi era capitato di dire libera, indipendente, ma emancipata mai. Cercai il significato preciso su internet e arrivai alla conclusione che io non dovevo emanciparmi né dai miei genitori, né da mio marito e nemmeno dal posto dove ero nata. Io dovevo emanciparmi soltanto da me stessa, e siccome durante il giorno sgobbavo, avevo il diritto di uscire di casa e di svagarmi senza sentirmi in colpa per voi, perché era soltanto per voi che facevo quella vita. Clarissa aveva ragione: potevo curarmi e vestirmi un po' meglio senza paura di divertirmi per qualche ora. Il corpo di Giovanni, che dovevo maneggiare di continuo, mi faceva pensare a quando ero io a scegliere chi toccare e da chi essere toccata. Invece lui voleva che gli pulissi il naso come fosse una cosa dovuta, e se gli rispondevo di farselo da solo brontolava in dialetto: «Eh, ma io sono il tuo cliente!»

Vagabondai per il parco, guardavo la luce del sole tra gli alberi e sopra il cielo di cristallo. Sembrava che la primavera fosse arrivata a liberarmi e di nuovo mi veniva in mente Rădeni, coi bucaneve e i fiori selvatici che ad aprile sbocciano ai margini del bosco, sotto gli alberi pieni di gemme.

Certe volte, durante quelle passeggiate, ti mandavo delle foto e tu rispondevi che volevi essere con me. Allora mi sedevo sulla panchina e ti scrivevo lunghi messaggi pieni di promesse che però poi cancellavo all'istante: non aveva senso portarti in Italia, almeno finché non potevo permettermi un appartamento in affitto. Dopo aver messo a letto Giovanni perdevo ore a guardare gli annunci, ma solo facendo due conti c'era da toglierselo dalla testa. Avremmo dovuto andarcene in provincia, tirar fuori i soldi per i mezzi, tenere d'occhio le spese condominiali, fare attenzione a cosa comprare al supermercato. Non sarei riuscita a mettere via piú niente e non ti avrei potuto portare nemmeno a mangiare una pizza.

Sono sicura che la prima signora che quel giorno incontrai ai giardini pubblici fosse rumena. Non so perché non ebbi il coraggio di avvicinarmi e di offrirle il pastrami. Restai a guardarla, aspettando inutilmente che alzasse gli occhi dal telefono. Dopo di lei, invece, non incontrai piú nessuno. Accanto agli scivoli e alle altalene c'era un gruppo di filippine, ma non volevo andare con le filippine. Gli avrei solamente tolto il gusto di parlare come volevano e il pastrami lo avrebbero rifiutato. Cosí dopo un po' mi sedetti anch'io e infilai la mano dentro la busta di stoffa. Mangiai come una ladra.

– Vuoi comprare? – mi chiese un ragazzo africano, altissimo e ricciuto, mettendomi sotto il naso un accendigas e una torcia tascabile.

– Non so che farmene, – risposi con la bocca piena.

Allora lui mi mostrò dei calzini, poi un pacchetto di fazzoletti e alla fine dei braccialetti di cotone.

– Non me ne faccio niente di queste cose.

– Ce l'hai un euro?

– No, – dissi, e piú lo guardavo piú mi sembrava giovane.

– E una sigaretta?

Sbuffai. – Senti, se vuoi ho da mangiare, – e finalmente tirai fuori il piatto dalla busta mostrandogli i panini col pastrami. Lui mi guardò sorpreso e disse che al suo Paese si mangia quando c'è da mangiare.

– Comunque ho fame, – disse.

– Allora siediti.

Un attimo dopo mi pentii di averlo cosí vicino. Non c'era nessuno in giro e le sue mani nere erano grosse e lunghe, poteva farmi tutto il male che voleva. Spostai la borsa sull'altro fianco e senza farmi vedere cercai di chiudere la cerniera.

Mangiammo senza dirci i nomi. Il ragazzo faceva grandi bocconi e ripeteva «Ma che buono!»

– I miei figli per il pastrami fanno i salti cosí, – gli raccontai.

– Anch'io ho una famiglia, tre figlie.

– Al tuo Paese avete un piatto uguale a questo?

– In Senegal mangiamo la thiéré.

– E cos'è?

– Il couscous con le verdure, il pomodoro e un po' di altre cose.

– Non mi pare la stessa cosa, – obiettai.

– Sí però è buono come questo.

– Scommetto che tua mamma lo cucina meglio di tutti.

– Certo! – esclamò e disse che sua mamma aveva la mia età.

Dopo aver mangiato, il ragazzo africano mi ringraziò facendo un mezzo inchino, poi di nuovo chiese se avevo un euro.

– Te l'ho già detto, non ho soldi! – risposi seccata mettendogli in mano un paio di Camel. Lui allora prese il piatto e andò a lavarlo alla fontana.

– Come ti trovi in Italia? – domandò in piedi davanti a me mentre lo asciugava con un fazzoletto di carta.

– Lavoro in casa di un vecchio e mi sento soffocare.

– Soffocare? – chiese stupito. – Perché?

– Non lo so... Stare lí dentro mi sembrava un rifugio, invece è una prigione.

– Certe volte anche in strada ti senti soffocare, – e si fece aria sul viso in un modo buffo.

Ridemmo senza un perché, poi lui tirò su la scatola con le sue cianfrusaglie e scomparve tra gli alberi.

Mentre ti parlo una voce da dietro mi chiama: – Scusi signora.

È il paziente con gli occhiali spessi. Vuole che gli passi il bicchiere d'acqua che ha sul comodino.

– Scorre il tempo su quella sedia? – mi chiede.

– Prima non facevo che guardare l'orologio, adesso mi pare che le ore volino.

– Ma sí... – commenta. – Il tempo è uguale per tutti. Se sei felice o sventurato lui mica lo sa, – e sorride alzando le sopracciglia.

– Che lavoro fa? – gli domando tanto per parlare.

– Il professore, insegno Astronomia.

– Noi abitiamo in campagna, le stelle si vedono anche quando è nuvoloso.

– Posso permettermi? – chiede cambiando tono.

– Dica.

– Gli faccia ascoltare Mozart.

– Mozart?

– Sí, una sinfonia.

Dopo che il professore dice cosí non riesco a pensare ad altro. Le sinfonie di Mozart non le conosco ma mi vengono in mente le canzoni che ascoltavi, provo a ripetere a denti stretti il motivo di un pezzo che mi avevi fatto sentire in macchina. Le parole non le so, me le invento come facevo da ragazza.

Esco a fumare in cortile dove c'è già un gran viavai di medici che si spostano da un padiglione all'altro, di gente che cammina trafelata con in mano fogli e ricette. Un gruppo di cuoche che fumano in cerchio quando mi vede passare si dà di gomito, qualcuna mi indica col mento. Sono già diventata lo zimbello dell'ospedale.

È una giornata senza sole anche questa. Come ieri, che c'era un cielo di ferro e nuvole a chiazze sui tetti dei palazzi lontani. Il vento mormora tra gli alberi e agita le cime, passa in mezzo ai rami una luce strana, nell'aria si sente odore di pioggia.

Telefono ad Angelica, ho voglia di salutarla. Mi racconta che stamattina non riesce a studiare, ha sognato Manuel.

– Cosa succedeva nel sogno?

– Non mi ricordo, – dice per non dirmelo.

– Piú tardi passi di qua?

– Se vuoi faccio un salto adesso.

La aspetto facendo avanti e indietro per il cortile, canticchiando quelle canzoni che non so. Guardo le macchine che affollano il parcheggio, le ultime che arrivano si mettono in bilico sul marciapiede. Le radici delle querce scavano crepe nell'asfalto: non so perché, ma guardare quelle crepe mi dà coraggio.

– Non sei stanca di stare chiusa qui dentro? – mi chiede Angelica.

– No, non sono stanca.

– Io impazzirei. Secondo me dovresti staccare, andare un po' dalla nonna e mangiare qualcosa di decente. Ti sfinisci cosí.

– Davvero, va tutto bene.

– Cosa fai durante il giorno?

– Lo guardo, sto con lui, gli parlo. Non sono affatto sicura che non senta. Finché non mi cacciano, rimarrò qui.

Attraversiamo il cortile e arriviamo dall'altra parte dell'edificio. Le chiedo se ha già rilegato la tesi e se ha pensato a cosa vuole fare dopo la laurea, lei mi risponde nei suoi soliti modi evasivi. Ad Angelica vorrei sempre chiedere scusa, vorrei mostrarle quanto le voglio bene a furia di attenzioni.

– Ti va un caffè al bar? – le chiedo.

– No, l'ho già bevuto.

– Prendiamo qualcos'altro?

– No mamma, grazie, – poi alza il mento e corruga le sopracciglia. – Hai la faccia di una che deve parlarmi.

– Lascia perdere, poi ti arrabbi.

– Dài, parla.

– Perché non mi hai detto che Manuel non andava piú a scuola?

– Avresti potuto farci qualcosa?

– Non è una risposta.

– Sí che lo è, ti saresti solo agitata. Anche i nonni pensavano fosse meglio cosí.

– Dove ho sbagliato?

– Mamma smettila con questa fissazione, non ha senso.

– La polizia ha detto che il motorino non era rotto, lo sai? Il manubrio funzionava.

– Non si sarà reso conto di niente...

– Credi che sia colpa mia?

– Sai solo parlare di colpa, smettila ti ho detto!

– Dove ho sbagliato?

– Basta! – grida rabbiosa mentre s'infila le mani in tasca. – Facevo meglio a non passare!

– Mi hai chiesto tu di parlare!

– E ho fatto male! – ribatte lasciandomi indietro.

Guardo la sua figura farsi minuscola, solo quando sparisce dalla mia vista mi metto a rincorrerla zigzagando tra le automobili posteggiate. La afferro per il giubbotto e Angelica si gira di scatto strappandomi la mano come fosse una cosa da buttare.

– Lasciami stare!

– Va bene ti lascio, però aspetta. Il vicino di letto di Manuel dice che a tuo fratello può far bene ascoltare la musica. Perché non sali un momento? Non mi ricordo che canzoni gli piacevano.

Angelica mi fissa, perplessa e distante. Poi dalla tasca del giubbotto tira fuori l'iPod con le cuffiette aggrovigliate e me lo passa.

– Cerca qui dentro, c'è una cartella che si chiama *Manuel*.

Un pomeriggio in cui Giovanni dormiva io uscii a fare due passi. Mi fermai al bar, ordinai un caffè e un bicchiere d'acqua frizzante. Di fianco a me un signore raccontava al barista che aveva bisogno di una tata, lui e sua moglie non ce la facevano piú ad andare avanti cosí. Mi bloccai tenendo in bocca il caffè: lo guardai di sottecchi. Era un tipo alto, indossava abiti fini, il cappotto nero, le scarpe lucide. Mia madre mi ha insegnato a guardare le scarpe, è dalle scarpe che si distinguono i ricchi dai poveri. Il barista lo stava ad ascoltare con attenzione e lo chiamava avvocato. Feci finta di studiare i sacchi di miscela sopra la macchina dell'espresso. Poi, appena uscí, lasciai le monete vicino alla tazza e gli corsi dietro.

– Scusi! – gridai. – Aspetti un momento!

– Parla con me? – chiese sorpreso.

– Senza volerlo ho ascoltato quello che diceva, ero di fianco a lei a bere il caffè. Mi chiamo Daniela, faccio la badante qui vicino. Coi bambini ci so fare, se vuole possiamo parlarne.

Lui restò interdetto, poi mi guardò dall'alto in basso e farfugliò: – Va bene, noi ci appoggiamo a un'agenzia, ma nulla vieta...

Volevo convincerlo lí su due piedi, giurargli che ero affidabile, perché il solo pensiero di stare con dei bambini mi faceva rinascere.

– Mi dispiace, sono uscita coi vestiti di casa... Era solo per una pausa.

– Non deve scusarsi, ci mancherebbe.

Tornai da Giovanni come se avessi tradito mio marito. Aveva fame e domandò cos'ero scesa a comprare. Siccome ero rientrata a mani vuote gli mostrai delle spugnette ancora impacchettate che erano sotto il lavello. Lui se ne andò nell'altra stanza appoggiato al suo bastone facendo no con la testa.

Clarissa al telefono disse che avevo fatto benissimo, e che se mi avessero assunta avremmo dovuto stappare una bottiglia.

– La prima volta che mi hanno fatto un contratto ho festeggiato in stanza da sola. Mi ero pure truccata, – aggiunse ridendo.

L'avvocato Carlo Buccheri aveva un appartamento gigantesco e pieno di luce, con la parete del salone che era un'unica vetrata affacciata su viale Zara. La moglie mi offrí il tè e lo bevemmo su un divano bianco. Dopo due chiacchiere arrivarono i figli dalla cameretta. Olivia era piccola, aveva quattro anni, Gianluca ne aveva dieci. Aveva un viso imbronciato e sbadigliava di continuo, come uno che si annoia. Dal primo momento gli importò soltanto mettermi alla prova e cercare di capire fino a che punto poteva disobbedire.

– La tata ucraina che da tre anni lavorava con noi è andata via, – mi spiegò l'avvocato. – Ricominciare daccapo non è facile.

– Perché è andata via? – chiesi.

– È tornata dalla sua famiglia, – intervenne la madre.

– Gianluca è impegnativo, – continuò lui cambiando discorso. – È ipercinetico, fa molta fatica a stare fermo. Dovrà avere polso.

– Tutti siamo impegnativi, – risposi convinta.

Olivia aveva due occhi nocciola grandi e vivaci, un viso furbo che faceva subito simpatia. Cercai di raccontarle qualcosa e mentre le parlavo la chiamavo amore. Dirle cosí non era uno sforzo come chiamare per nome Giovanni quando ancora non lo conoscevo e lui, a seconda di come gli girava, mi diceva bella gioia o puttana d'una rumena.

Dopo che i bambini tornarono in camera mi feci coraggio e domandai: – Se mi assumete mi farete un contratto?

– Scusi, ma per chi ci ha preso? – rispose stizzito Carlo.

– Mi creda, non è scontato, – ribattei cercando di mostrarmi sicura e lui, dopo avermi tenuto gli occhi addosso, annuí rilassando i muscoli del viso e mostrando una faccia piú comprensiva.

Il mio compito sarebbe stato quello di accompagnare i bambini a scuola e andarli a riprendere all'una e mezza. Nelle ore vuote avrei dovuto occuparmi della casa, preparare il pranzo e qualcosa per la cena.

– Ai nostri figli piacciono poche cose da mangiare, vanno matti per la pasta al pesto, – disse la signora, che faceva l'avvocato nello stesso studio del marito. – Mi raccomando, obblighi Gianluca a mangiare seduto e non gli permetta di andarsene in giro per casa. Come avrà capito è un po' ribelle.

– Il sabato pomeriggio ha la partita di calcio, se dobbiamo preparare le udienze lo accompagnerà lei, – aggiunse Carlo.

– Per i compiti invece viene una studentessa universitaria con cui ci troviamo molto bene, – disse la signora.

– Se volete posso aiutarlo io.

– No grazie, per la scuola ci pensa lei che è italiana.

Una domenica gli avvocati mi mandarono un messaggio per invitarmi da loro a colazione, mi fecero accomodare sul divano bianco e Carlo si mise a parlarmi di stipendio e contratto. Poi arrivarono i figli, ridacchiando per qualcosa che si erano detti in corridoio. Dopo che ebbero finito il succo di frutta, il padre mi fece sedere vicino a Gianluca. Gli diedi la mano e lui me la toccò furtivamente, come chi ruba una carezza. Dissi che la sua tuta da ginnastica era davvero bella.

– Mi fai vedere una foto dei tuoi bambini? – domandò Olivia.

Appena le diedi il cellulare Gianluca glielo strappò di mano e alzò il braccio in aria in modo che lei non potesse piú prenderlo. Olivia si mise a piangere e i genitori mi guardarono come due esaminatori.

– Non si strappano le cose di mano, ridai subito il telefono a tua sorella, – gli dissi in tono severo, indicando col dito ciò che doveva fare.

Gianluca impietrí e fissò i genitori per capire se doveva obbedire. Mi alzai in piedi e gli tenni gli occhi addosso fino alla restituzione del telefono. – Adesso mettiti qui vicino a me che guardiamo le foto tutti e tre insieme, – continuai decisa. Quando ci sedemmo gli passai una mano tra i capelli: – Sei molto bello, cerca di essere anche bravo, – dissi strizzandogli l’occhio.

Tutta la famiglia restò in silenzio. Riaprí bocca il padre per invitarmi a pranzo. Con la macchina andammo in un agriturismo fuori porta, in un paese che si chiama Gaggiano. Attraversammo il ponte sul naviglio fermandoci a guardare l'acqua, piena di cerchi di sole.

Mangiammo il lesso con la salsa verde e mi venne in mente una ricetta che faceva mia madre.

– Mi manca la cucina rumena, se vi va un giorno posso prepararvi un pranzo tipico, – proposi.

Furono entusiasti e dentro di me pensavo che sarei stata bene con loro. Occuparmi di Gianluca non doveva essere semplice perché era davvero irrequieto e prepotente, ma sarebbe stato comunque piú facile che accudire Giovanni. Olivia mi ricordava Angelica da piccola, o forse qualsiasi bambina in quel momento me l'avrebbe ricordata. Era cosí tanto che mancavo da Rădeni che iniziavo a vedervi sui visi degli sconosciuti.

– Mi insegnerete i nomi delle cose che non conosco, vero? – dissi in macchina ai bambini. – A volte non mi vengono le parole esatte e faccio una gran confusione...

– Ti faremo degli indovinelli, va bene?

– Ottima idea!

Telefonai a Ernesto e dissi che avevo bisogno di parlargli. Uscii solo per andare in centro a comprarmi un vestito, almeno per il primo giorno di lavoro dagli avvocati mi sarei presentata con qualcosa di decente addosso. Il resto del tempo lo passai a fare lavatrici e a raccattare le mie cose sparse in giro.

Ernesto si mise a gridare, ripeteva che non poteva crederci. Avevo paura che mi facesse del male.

– Mi fidavo di te! – disse sulla soglia della stanza mentre chiudevo la valigia.

– Anch'io, credevo che mi mettessi in regola.

– Lo avrei fatto!

– Se avessi avuto rispetto non avresti rimandato cosí tanto, lavoro con tuo padre da un anno e mezzo!

– Lo faccio oggi.

– No, adesso è tardi.

Lasciai la valigia sulla porta e andai in cucina a controllare il minestrone che avevo preparato per Giovanni, con le verdure fresche comprate al mercato rionale. Ernesto non voleva farmi uscire e riattaccò con la storia del divorzio che gli prendeva tutti i pensieri. Mi raccomandai di non far regredire suo padre al punto in cui l'avevo trovato, e fui io quella volta a elencargli le medicine e a ricapitolargli le prescrizioni della geriatra.

Quando non restò nient'altro da sistemare andai a salutare Giovanni. Se ne stava mezzo addormentato sulla sedia, stordito dai tranquillanti che ormai prendeva anche di pomeriggio. Il suo golfino era caldo di sole.

– Giovanni, devo andare. Non lavorerò piú qui, – dissi inginocchiata di fianco alla sua poltrona come la prima sera in cui gli avevo chiesto di vedere il quiz assieme.

Lui aprí a fatica gli occhi.

– Hai capito quello che ho detto? Vado via.

Fece sí con la testa. – Brava, torna dai tuoi figli.

Alle otto accompagnavo Gianluca a scuola. A portare e prendere i bambini in via Palermo eravamo solamente rumene e ucraine, peruviane ed equadoregne. Poi accompagnavo Olivia all'asilo, anche se Olivia era cagionevole e si prendeva tutti i raffreddori della sua classe. Cosí tante mattine la tenevo con me: le ore volavano a inventare giochi sul tappeto di gomma o a cercare di toglierla dalla tv, dove si incantava a vedere i cartoni animati. Volevo pulire piú a fondo o cucinare qualche manicaretto, ma non era facile trovare il tempo.

Dopo la scuola, se non pioveva, ci fermavamo al bar a bere un frullato e poi li portavo ai giardini. Gianluca sembrava un cavallo imbizzarrito: mentre io e Olivia camminavamo lui correva avanti e indietro facendo mille versi insensati senza ascoltarmi neanche un secondo. I primi giorni gli urlavo dietro, mi sgolavo a furia di ripetere «stai fermo!», ma presto capii che era il modo migliore di mostrare la mia debolezza. Imparai a dare pochi ordini precisi e a guardarlo negli occhi, a minacciarlo a dovere e a tenerlo per un braccio per obbligarlo ad ascoltare.

– Prendi tua sorella per mano e camminate qui davanti a me, altrimenti torniamo a casa immediatamente, – ordinavo severa. Gianluca prima restava a fissarmi con rabbia, poi, vedendo che non mollavo, obbediva rassegnato. Gli sembrava una cosa ingiusta obbedire a qualcuno, cosí, dopo che lo faceva, si sentiva stanco. Allora gli appoggiavo le mani sulle spalle come facevo con Giovanni quando si strozzava, gliele massaggiavo e lui in un attimo diventava sornione. Diceva: – La mamma non mi fa mai i massaggi.

– Be', allora chiedile di farteli.

– No, non mi va, – rispondeva imbronciato, liberandosi dalla mia presa e accelerando di nuovo il passo.

Quando camminavano per mano restavo indietro a guardarli. Li amavo e li odiavo quei bambini. In fretta riuscirono a farmi sentire di nuovo madre, non puoi capire quanto ne avessi bisogno. Senza un uomo alla fine si può vivere. Il corpo dei maschi mi veniva in mente sempre meno, come se un nuovo pudore mi pervadesse. Del resto avevo lo stomaco chiuso, stavo sempre in ciabatte, non avevo un compagno, come potevo sentire quella voglia che ti prende quando sei leggera e innamorata? Essere madre, invece, non è una voglia. È una cosa che assomiglia piú a un istinto. Un istinto che pulsa anche se ti ammali, anche se non ti reggi in piedi e ti manca la ragione. Certe volte mi dicevo che dovevo essere grata a Olivia e Gianluca. Altre, invece, non volevo fare quel gioco con loro, non volevo dare quelle carezze a loro, non volevo avere tutta quella pazienza con loro. Allora mi prendeva una rabbia diversa da tutte le altre. Mi dicevo: questi stronzi di avvocati si sono comprati il mio amore per mille e trecento euro al mese. Ero io infatti a lavare i loro figli, a vestirli, a dargli da mangiare, a giocarci sul tappeto, ad ascoltare i loro pensieri e a gestire i loro capricci.

Francesca tornava alle otto di sera e con Olivia e Gianluca scambiava sí e no due chiacchiere a tavola, poi si attaccava al telefono e mi chiedeva di tenerli un altro po' prima di metterli a letto perché aveva bisogno di parlare col marito di come era andata in tribunale. Io allora me li portavo in cameretta e mentre facevo le torri coi Lego insieme a Gianluca o giocavo a Mary Poppins con Olivia, mi domandavo perché li avessero messi al mondo se venivano sempre dopo le loro cause. Una sera lo raccontai ad Angelica che mi rispose: – Perché, invece tu con noi ci stavi?

– Facevo quello che potevo.

– E allora vale anche per te: perché ci hai messo al mondo?

Comunque quei due bambini erano attaccatissimi a me, tanto che certe sere Francesca diceva che quando c'era lei in casa dovevo essere piú discreta e farmi da parte. Allora sparecchiavo e filavo in camera. Ma durava al massimo un paio di giorni, poi mi veniva a bussare perché glieli tenessi cosí poteva uscire a cena col marito.

A volte rientrava in casa e ci trovava al tavolo a disegnare, i pennarelli e i trucioli dei pastelli sparsi in giro. I bambini alzavano a malapena la testa, concentrati com'erano a colorare. Lei guardava i suoi figli rimanendo in piedi davanti a noi, senza nemmeno appoggiare la borsa sul divano. La impressionava quel silenzio cosí pieno di pace che si rompeva soltanto quando uno dei due correva entusiasta a mostrarle il foglio.

– Guarda, mamma! – gridava Olivia sventolandolo come una bandiera.

Una volta bevemmo un caffè insieme, e Francesca mi riempí di complimenti per come lavoravo. Io sorridevo e ringraziavo ma non vedevo l'ora di rimettermi a passare l'aspirapolvere, perché i discorsi di quella donna erano infidi e riuscivano sempre a irritarmi. Come quando disse: – Siete cosí brave voi coi vecchi e i bambini...

– Voi chi, signora?

– Be', voi dell'Est. Piú delle filippine che invece sono brave a pulire, no?

A volte Gianluca era cosí stanco e annoiato che non riusciva a fare i compiti. Allora mi trasformavo in una specie di personal trainer, come quelli che ci sono in palestra: gli facevo fare le capriole sul letto, una dopo l'altra a ritmi serrati. Poi insieme a Olivia lo portavo nella cabina armadio, ci chiudevamo tutti e tre dentro e dicevo: – Avanti, tira un urlo gigante, poi tocca a Olivia e per ultima a me.

– Davvero posso urlare? – mi chiedeva Gianluca sgranando gli occhi.

– Certo, ti farà sentire meglio.

– Vado?

– Vai, Gianluca, caccia l'urlo piú potente della Terra!

Le prime volte Olivia si spaventava, poi era contenta anche lei. E sinceramente anch'io: urlare faceva bene a tutti.

Cosí Gianluca un po' si calmava e finalmente gli veniva appetito. Era magro come un'acciuga e pensava solo a fare corse scatenate, del cibo non gli importava nulla. Se invece ancora non riusciva a stare fermo ripetevamo la lezione in piedi, uno davanti all'altra.

– Forza, mentre parli saltella!

Gianluca si divertiva da matti a ripetere in quel modo le pagine che aveva studiato, finché finalmente gli veniva il fiatone e andava a sdraiarsi sul divano davanti alla tv.

Un giorno che ho litigato con te al telefono perché continuavi a raccontarmi balle sulla scuola e a trattarmi come una deficiente, Gianluca è venuto da me e mi ha detto: – Daniela, dimmi cosa è successo e mentre me lo racconti saltella, vedrai che poi ti sentirai meglio.

Gli avvocati erano esasperati dalle bronchiti di Olivia ma non volevano darle altri antibiotici, cosí appena finí la scuola mi chiesero di portarla in Liguria, dove avevano una casa a pochi metri dalla spiaggia. Il paese si chiamava San Lorenzo e c'erano solo una piazza, una chiesa e un fruttivendolo. Gianluca non ne voleva sapere di restare a Milano con la zia e si impuntò per venire con noi. Dopo qualche incertezza convinsi i genitori a lasciarlo partire.

– Daniela, te la senti di gestirli entrambi?

– Ma sí, il mare farà bene alla bambina e metterà pace a Gianluca. Faremo delle belle corse sulla spiaggia.

– Guarda che quello lí al mare diventa elettrico, – mi ammoní Francesca.

– Non ti preoccupare, se ho dei problemi vi chiamo subito.

Ormai si fidavano di me, nel giro di un anno il nostro rapporto era diventato stretto. Mi sentivo importante perché grazie a me tutti e quattro vivevano bene. Carlo ci teneva che a cena mangiassi insieme a loro, mi chiedeva consigli su Gianluca, e Francesca al matrimonio di sua sorella aveva voluto che andassi anch'io perché ormai ero parte della famiglia. Cosí, col passare dei mesi, il pensiero che avessero comprato il mio amore non mi faceva piú male. Dicevo: meglio darlo a loro piuttosto che tenermelo dentro a farsi veleno.

Carlo e Francesca mi mostrarono la casa al mare, ripetendo che comunque i bambini la conoscevano bene. Mangiammo una pizza e a sera loro due rientrarono a Milano.

– Questa è per qualsiasi cosa vi dovesse servire, – aveva detto Carlo prima di uscire, appoggiando la carta di credito sul tavolo della cucina.

Agli avvocati non ho mai fatto creste. Spesso avevo rubato: resti della spesa, spiccioli raccattati sui mobili, dimenticavo apposta di restituire i soldi per la farmacia o quegli altri che Ernesto mi lasciava per sbrigare commissioni. Infilavo tutto in una cartelletta di plastica che tenevo in mezzo a un libro e quando ero di cattivo umore la svuotavo sul letto per contare e ricontare quella refurtiva da pezzente.

La mattina andavamo al mare, a volte ci tornavamo anche dopo la pennichella. Raccoglievamo conchiglie e i bambini le tastavano con le mani prima di appoggiarle all'orecchio. Stavamo seduti a fare castelli, a costruire città turrite con ponti e canali, e quando eravamo stanchi di giocare con la sabbia ci sdraiavamo sui teli. A turno ognuno, immobile a pancia in su e con le mani dietro la nuca, raccontava qualcosa. Gianluca, senza accorgersene, mi confidava dei segreti che un attimo dopo si pentiva di avermi detto.

– Se dici ai miei che ho saltato la scuola non ti parlerò mai piú! – gridava sollevando la schiena e guardandomi negli occhi.

– Stai sdraiato e guarda il cielo, se no non vale!

– Sí, ma giura di non dirglielo!

– Va bene, ma tu giura di non farlo piú.

– Basta litigare, tocca a te, Daniela! – interveniva Olivia.

Allora anch'io mettevo le mani dietro la nuca, chiudevo gli occhi e raccontavo qualcosa. Una volta ho detto: – Sapete che mio figlio Manuel lo chiamo Chicco di sale?

Quando a sera facevamo la doccia finalmente sentivo che anche la mia pelle aveva preso l'odore del mare. Angelica aveva ragione, non ho mai giocato cosí tanto con voi quando eravate piccoli. Anche a me è mancato il tempo. Andava tutto via nell'ufficio e a sbrigare le solite faccende, pulire la casa, cucinare, fare la spesa... Forse nella vita si rincorre la vita.

Mentre preparavo la cena Gianluca mi faceva lezioni di italiano. Ormai lo sapevo bene, ma imparavo una parola e ne dimenticavo un'altra. Nessuno come quel ragazzino ha saputo spiegarmi cosí precisamente i significati, restavo basita ad ascoltarlo. Come quella volta che sentendomi parlare mi corresse ad alta voce: – Eh no Daniela! Non sono la stessa cosa: il servo non ha libertà e deve sempre obbedire, il servitore invece lo fa per mestiere, ma è un uomo libero!

A Gianluca e Olivia piaceva andare su un piccolo canotto a cui avevo legato una cordicella. Me la mettevo in bocca, la mordevo come un cane e nuotavo. Loro si godevano là sopra la brezza di quelle giornate piene di pace.

Una mattina, senza accorgermene, mi ero allontanata. È vero, non toccavo, ma gli scogli che segnavano il confine della baia erano ancora distanti. I bambini erano rilassati sul canotto e Olivia remava con la mano, Gianluca se ne stava beato con la schiena appoggiata a prua e canticchiava. È stato un attimo. Un'onda improvvisa, una sola, una di quelle che non vedi arrivare ma che si gonfia e morde all'ultimo istante. Ci prese di lato e il canotto si rovesciò. Gridai di aggrapparsi ma Gianluca, nel tentativo di afferrarlo, lo smanacciò al largo. Feci due bracciate per recuperarlo, poi di scatto tornai indietro. Olivia non la vedevo piú. Urlavo, e mi sembrava che le mie urla non arrivassero a nessuno. L'ho sentita strapparmi il costume e gridare soffocata dall'acqua. Non so come il mio corpo riuscisse comunque a tremare: nonostante i nervi induriti e le braccia tese, mi scuotevano brividi che mi fiaccavano i movimenti. Gianluca annaspava e io, mentre stringevo Olivia che mi graffiava il collo, cercavo di spingerlo verso l'alto, gridandogli parole che non ricordo. Con la punta dei piedi, mentre un'altra onda mi colpiva sulle spalle, sfiorai il fondale, ma i brividi mi steccavano la schiena, il peso della bambina mi spingeva giú. L'ho sentita un'altra volta afferrarmi la carne, poi d'improvviso Olivia non c'era piú.

Credo di aver perso i sensi perché ricordo i buffetti di una mano tozza sul mento, io che cerco di riaprire gli occhi e subito li richiudo per lo spavento di un viso barbuto cosí vicino alla mia bocca. Sulla sabbia Gianluca vomitava acqua e respirava senza fiato. Si teneva una mano sul volto biascicando che aveva i crampi ai polpacci. Olivia non la smetteva di strillare e nessuno riusciva a calmarla. Volevo alzarmi per andare da lei, avevo bisogno di tenerle la mano, ma il bagnino mi obbligò a rimanere seduta. La gente fece grappolo attorno per sapere se stavo bene e poi cominciarono a sgridarmi. «Con due bambini cosí piccoli», esclamavano stupiti. «Lei non è nemmeno la madre», commentavano mentre gocciolavo sulla sabbia. La vergogna mi faceva piegare la testa sulle gambe, me le abbracciavo con le mani per cercare di fermare i tremori. Volevo tapparmi le orecchie perché quelle voci erano come una pioggia di frecce.

Ci riaccompagnarono in macchina, non so chi. Il canotto lo dimenticammo in spiaggia. Olivia, sfinita, si addormentò subito. Gianluca non parlava, teneva nascosta la faccia e ripeteva che dovevo andarmene.

La sera arrivarono i genitori, senza salutarmi dissero che saremmo tornati immediatamente a Milano, dove arrivammo di notte. Durante il viaggio non mi rivolsero la parola, se chiedevo qualcosa non rispondevano.

Dopo aver messo a letto i bambini, Francesca disse: – Rifai le valigie e domani mattina alle otto ti voglio fuori di qui.

– Posso almeno salutarli?

– Ringrazia che non ti denuncio.

– Ti prego, fammi salutare i bambini.

– Non li rivedrai piú.

Gli infermieri non si curano piú di me. A volte i dottori si dimenticano di farmi uscire dalla sala durante le visite. Io del resto passo tutto il tempo a parlarti, ogni cosa avviene dietro le mie spalle e non ne sono mai spettatrice. Da questa sedia sgangherata vedo solo la tua faccia, in lontananza le querce che pian piano si infoltiscono, le foglie da rossastre farsi verdi.

Sono volati questi giorni, non diversamente che in città. Semplicemente passati. Il professore è stato trasferito all'alba, non l'ho nemmeno salutato. Al suo posto è arrivata una donna della mia età con una faccia pallida e ossuta. Il marito e i figli la vengono a trovare tutti i giorni e restano perplessi a fissarla dietro i vetri.

Sento morire la speranza. Fa il rumore di un sasso che rotola sordo da una montagna: annuncia la frana, il polverone che ingoierà tutto. Il dottor Petran non mi considera e se gli chiedo qualcosa taglia corto, dice che è tutto in mano al neurologo. Sa che non sono mai andata dallo psicologo né a quell'incontro segnalato sul volantino, ma non mi rimprovera. A volte mi tornano in mente quelle tre parole: Mal d'Italia. Meglio non saperli i nomi dei nostri guai, meglio consolarsi con l'idea che la sorte è crudele, il fato avverso, Dio troppo distratto da problemi piú grandi.

Tutta questa verità sul mio Paese, sul mio lavoro, sulla mia vita, adesso non la riesco a reggere. Questo gli avrei detto, se mi avesse rimproverato di non esserci andata.

È cosí: finché non aprirai gli occhi nessun problema,

nessuno degli orrori che si consumano ogni giorno nel mondo potrà piú riguardarmi.

Ti ho fatto ascoltare le canzoni dall'iPod di tua sorella. Ho appoggiato l'auricolare sul cuscino, a basso volume vicino al tuo orecchio.

– Gli deve arrivare un suono lieve, come quando si presta attenzione per captare un rumore lontano, – mi ha spiegato un dottore della Terapia intensiva prima di darmi il permesso.

L'altra cuffietta la tengo per me. Sto imparando le tue canzoni, cosí le canteremo assieme. Immagino che la tua bocca si metta a cantare queste parole:

Voglio che mi porti lontano
Dove non dobbiamo scappare
Questa volta devi farlo davvero
Non c'è bisogno che mi prendi per mano
Puoi giurarci non sarà un mistero
Saremo felici, felici sul serio.

Non sapevo che immaginare fosse cosí faticoso. Quando disegnavo mi sentivo leggera e abbandonata, adesso invece i muscoli diventano duri. È come pedalare in salita, immaginare.

In certi momenti mi sembra di non ricordare piú la tua voce, allora apro il telefono e rivedo un video che mi aveva mandato Angelica. Ti obbliga a salutarmi, tu distogli svogliatamente la faccia dal Nintendo, agiti la mano e bofonchi: «Ciao Moma, che si dice laggiú?» Lo rivedo cento volte, fino a lobotomizzarmi.

– Non piú di un quarto d'ora, – mi ricorda il dottor Petran, comparso sulla soglia del reparto. – Il sistema nervoso non deve subire stimoli eccessivi.

– Meglio la musica che piace a lui o quella che piace a me? – gli chiedo. – Il professore mi aveva suggerito di fargli ascoltare Mozart.

Ma lui accenna il solito sorriso di cortesia e tira dritto, mi fa sentire una povera idiota solo con un'occhiata. Ecco perché devi studiare, per non sentirti come me di fronte alla gente. Non credere che al risveglio ti lascerò in pace: tu devi tornare a scuola, devi imparare tutte le parole che servono per essere se stessi nel mondo.

Mentre ascoltiamo la solita canzone, all'improvviso grido portando la mano sulla bocca. Alina chiede se mi è schizzato il cervello, e io senza considerarla mi volto verso i ricoverati per annunciare che hai aperto gli occhi.

Le altre infermiere mi portano vicino all'ingresso. Ripeto un paio di volte quello che è successo come fossi in questura.

– Mio figlio ha aperto gli occhi! Non ho visto le sue pupille, solo il bianco, – ripeto agitata. – Li ha tenuti aperti qualche secondo prima di richiuderli.

Arriva un medico a cui riferisco tutto daccapo. È un uomo sui quaranta, con la barba scura, si gratta le guance mentre mi ascolta. Rimane impassibile, poi sentenzia: – Succede, signora. Probabilmente sarà successo anche altre volte, ma non è detto che sia significativo.

– Scusi, ma ha capito cos'ho detto? Ha aperto gli occhi!

Lui di nuovo fa sí con la testa e ripete che succede. Poi, tanto per farmi contenta, aggiunge: – Ne parlerò col neurologo, magari anticipiamo alcuni esami. Già che lei sta qui ci faccia sapere se capita ancora.

Scendo a fumare ma dopo due tiri butto la sigaretta, ho fretta di rientrare in sala. Infilo i copriscarpe, lavo le mani col gel, rimetto la mascherina e torno sulla sedia. Ho paura di perdermi i tuoi occhi che cercano la luce.

– Deve continuare a fare quello che stava facendo, – mi suggerisce a bassa voce un'infermiera che avrà poco piú di vent'anni. – Non deve mai smettere.

– Dice?

– Continui con lo stesso ritmo, – prosegue annuendo.

– Né piú forte né piú piano –. Poi per distrarmi aggiunge: – Mi chiamo Gertrud.

– Io Daniela, molto piacere.

– Guardi dietro di lei, Daniela, la stanno chiamando.

Esco in fretta dalla sala: Angelica mi dà un bacio, poi mi prende a braccetto e mi porta in cortile. La speranza è una cosa concreta, come la sete. Annoda le viscere e addensa il sangue.

La notte non riesco a dormire, i pensieri si accavallano come nervi. Scendo alla macchinetta del caffè. L'ospedale è spettrale, avvolto in una penombra piú inquietante del buio. Fa freddo, e il neon del corridoio si dev'essere fulminato. Prendo una cioccolata e la bevo appoggiata al muro. Mi ammalerò, a furia di ingurgitare queste schifezze.

Ho bisogno d'aria, esco a fare due passi in cortile. Le scosse del vento fanno frusciare i cespugli. So che quelle che pesto sono ghiande, ma lo stesso ho paura che sotto l'intrico di foglie ci siano i topi. Mi tengo le mani sulla pancia per non prendermi una congestione. Passa Beatrix, un'infermiera della Terapia intensiva che inizia il turno di notte, la saluto per nome ma non mi riconosce. L'altro giorno allo specchio ho fatto fatica anch'io, le occhiaie mi arrivano agli zigomi.

Rientro che è l'alba. Il cielo si sta aprendo, si fa livido e lascia spazio alla luce tenue del giorno. Sulla soglia della sala Alina dice che non ci sei. Corro a guardare dal vetro: il letto è vuoto, senza lenzuola, si vede solamente la cerata blu.

– Lo abbiamo trasferito nella stanza del sonno, cosí riposerà meglio, – mi dice un medico. – Fino ad oggi non era un vero e proprio coma, ora lo è.

– Vuol dire che non si sveglierà piú?

– Vuol dire che ha bisogno di riposare in un ambiente piú protetto.

– Per favore non mi tratti da stupida.

– Non lo sto facendo.

– Mi dica chiaramente se mio figlio sta per morire.

– Signora, innanzitutto si calmi e abbassi la voce.

– Mio figlio sta per morire?

Il medico mi dà le spalle e si mette a frugare nella cassettiera di metallo a caccia di una cartella clinica o di non so cos'altro, e siccome non mi degna piú di una parola lo afferro per i gomiti e lo giro a forza verso di me.

– Mi guardi quando le parlo. Ho chiesto se mio figlio sta per morire.

– Se mi tocca un'altra volta la faccio portare via dalla sorveglianza, – dice digrignando i denti, la mano puntata all'altezza del mio collo come una lama.

– Allora significa che non si sveglierà. Lo so come fate voi medici, – continuo con le mani aderenti ai fianchi. – Quando non c'è piú niente da fare smettete di parlare. Fate sempre cosí, vero?

– Non ho piú niente da dirle, signora, le consiglio di riposarsi.

– Potrò fargli ascoltare qualche canzone? Sono sicura che gli fa bene.

– Lo ha letto su una rivista scientifica?

– No.

– E come lo sa?

– Sono sua madre.

Dopo aver perso il lavoro alloggiai per un mese al dormitorio della Caritas, con padre Enzo che mi diceva di restare sulla branda perché ero esaurita.

Rimasi giornate intere sdraiata a disegnare sulla Moleskine. Disegnavo figure di bambini e di anziani. Tratteggiavo le rughe e la pelle cadente ai vecchi e lasciavo solo il contorno della matita e l'integrità del bianco ai corpi giovani. Di notte facevo continuamente incubi, sognavo di cadere dal balcone di Giovanni o di stare in groppa a un cavallo imbizzarrito che galoppava sulla neve. Sognavo anche di disegnare Angelica ma senza mai riuscire a finire il ritratto perché i pennarelli erano scarichi. Il suo viso rimaneva a metà, sembrava quello di un manichino. Sia con lei che con te cercavo di stare poco al telefono, avevo paura che vi accorgeste delle bugie che dicevo: «Certo, va tutto bene», «Il lavoro? Sempre la solita storia ma meno male che c'è».

In mensa pranzavo con un gruppo di africani arrivati dalla Libia. Al dormitorio c'era un andirivieni di gente, tutta un'umanità di cui mi ero dimenticata, persa com'ero in una sonnolenza che mi teneva lontana dalla realtà. Incontrai moldave e ucraine, donne che non sapevano una parola di italiano ed erano arrivate senza passaporto, attraversando i boschi di notte, dormendo alla stazione Centrale in attesa di incontrare qualcuno che gli desse una mano. Rispetto a tutti loro sembravo io quella derelitta che aveva attraversato il mare sul bordo di un gommone o che aveva dormito per strada. Invece ero venuta in pullman, nessuno mi aveva maltrattata, andavo ogni mese al money transfer e voi due eravate con i miei genitori.

Per farmi forza mi ripetevo queste cose cento volte, eppure non bastava, non mi riuscivo ad alzare. Mi sentivo consumata, con la dermatite che mi squamava la pelle e mi faceva grattare anche nel sonno.

– Vai al pronto soccorso e aspetta che qualcuno ti visiti, – mi aveva consigliato Clarissa, ma io ogni volta rimandavo.

Ci misi venti giorni a rimettermi un po'. Appena mi sentii meglio cominciai a girare da un ufficio all'altro, a leggere gli annunci sulle bacheche delle biblioteche e sui pali della luce. Passavo ore a navigare sui portali delle badanti, scaricando tutte le applicazioni possibili, spulciando le inserzioni anche di altre regioni. Milano mi aveva stufata, mi ci perdevo e non conoscevo nessuno. Ogni tanto al parco incontravo qualche ucraina e ci arrangiavamo a parlare un po' in russo, ma insomma la confidenza è un'altra cosa. Magari troverò una vecchietta che abita sul mare e che avrà solo bisogno di fare avanti e indietro sulla sabbia, mi dicevo, e a furia di respirare l'aria salmastra staremo meglio entrambe. I primi annunci che scartavo erano quelli che cercavano tate: non lo avrei fatto mai piú. Meglio i vecchi con le loro manie, i capricci, le lagne, la vita ridotta a sopravvivenza. Dell'odore della pelle dei bambini, del bisogno di protezione che suscitano non volevo saperne piú niente. Quante volte mi risuonava in testa la risata di Olivia, mi sembrava di sentire la voce di Dio.

Andavo nelle agenzie interinali e nelle cooperative, ma compilare i moduli e sostenere i colloqui era una fatica piú grande di me. Ero impacciata, e anche se l'italiano lo parlavo senza problemi sembravo una che aveva appena messo piede in città. Volevo tornare a lavorare in nero, almeno non dovevo rendere conto a nessuno, potevo spedire a casa piú soldi e piantare tutto se avessi trovato di meglio. Il futuro non sapevo piú bene cosa fosse.

Ogni tanto chiamavo Clarissa, che da quando era morta la signora che accudiva nella casa di piazzale Loreto si era trasferita a Roma. Era contenta, mi ripeteva che la città le piaceva tantissimo.

– Qui sto bene, lavoro con una famiglia a posto. Mi chiamano anche col mio nome, non come quella vecchia che mi chiamava sempre Chiara.

– Non tornerai piú a Milano?

– E chi lo sa, Daniela, – sospirò. – Perché non vieni tu a Roma?

A volte prendevo il tram e ci rimanevo fino al capolinea, dove riposano i convogli. Oppure andavo in merceria, compravo della stoffa e mi mettevo su una panchina di fronte alle altalene a cucire. Andavo avanti fino a sera, quando si accendono i lampioni e le luci gettano ombre. Ai giardini vedevo gruppi di donne, ma anche se erano rumene non mi avvicinavo, restavo a guardare gli alberi e a calciare i sassi. Mi sentivo brutta e mi convincevo che senz'altro Filip si era trovato un'altra piú bella di me, piú ricca e che non gli rompeva le palle se restava a bere birra sul divano o tirava tardi con gli amici.

A volte m'incantavo a guardare quelle donne che parlavano in cerchio. Dicevo: pensa se scioperassero. Non una giornata intera, un'ora soltanto. Tutto si fermerebbe: i figli dei vecchi dovrebbero tornare dal lavoro, sporcarsi le mani per pulire e cambiare i padri, sollevare dai letti le madri, e forse allora smetteremmo di essere cosí invisibili, nascoste nei palazzi. Barricate dentro le stanze.

Quando trovai lavoro dalla signora Elena, una novantenne che abitava a Quarto Oggiaro in un piccolo appartamento senza balcone, capii che non sarei piú tornata. Non so come mai accadde in quel momento, ma di colpo lo avvertii con chiarezza.

Erano passati due anni e soldi da parte non riuscivo a metterne. Lo stipendio andava via per la scuola, l'università, i vestiti, le ricariche del telefono, le riparazioni per il pergolato che cadeva a pezzi, l'impianto di riscaldamento da cambiare... Non ci sarei mai riuscita. Io vi avrei sostenuto e voi vi sareste fatti una vita di cui non sapevo niente. Avremmo vissuto cosí, vedendoci qualche volta. Era capitato a tante, perché non doveva succedere anche a me?

La signora Elena pesava un quintale, stava per ore accasciata sulla sedia a rotelle e quando si alzava camminava aggrappata al girello.

– Non sono mai riuscita a dimagrire, – diceva sospirando. – E di sicuro non ci riuscirò adesso che ho novant'anni, – aggiungeva scartando un cioccolatino che poi mandava giú insieme al senso di colpa.

All'inizio avevo l'impressione che non le andasse a genio niente e che non le piacesse nulla di me. – Dammi qua, – mi ordinava sporgendosi con la testa nel cucinotto, il braccio teso in avanti perché le restituissi la forchetta con cui sbattevo le uova e il formaggio grattugiato. A volte si metteva a tagliare una melanzana o una zucchina e cercava di nascondere il tremore della mano irrigidendo la bocca e il collo. Altre si arrendeva, e mentre tratteneva il respiro mi restituiva il coltello: – Continua tu.

Le piaceva passare il tempo a farmi da maestra e non sospettava di offendermi quando mi rimproverava: – Non vai per niente bene –. Se perdevo la pazienza e le rispondevo, allora Elena drizzava di colpo la schiena e sbarrava i suoi occhi grigi: – Hai ragione, sono una brontolona. Ognuno fa a modo suo.

Passavamo i pomeriggi a cucire o a fare la pasta. Dopo il riposo beveva una tisana e poi batteva le mani per scacciare il torpore: – Su, impastiamo le orecchiette, che è peccato buttare le ore –. Allora avvicinavo la carrozzella al tavolo, tutto rigato e col legno che si sbucciava, preparavo la spianatoia dove Elena ammucchiava la farina saracena e poi versavo l'acqua a filo, stando attenta a non sbagliare. Per non sentire le sue critiche le chiedevo di tenere accesa la televisione, ma lei non voleva. E quindi non ho mai fatto un'orecchietta o uno gnocco degni della sua approvazione.

Le cose andavano un po' meglio con il cucito, soltanto perché non riusciva a vedere bene cosa combinavo con l'uncinetto. Certi giorni si rendeva conto di esagerare: – Tutta colpa delle medicine, ti guastano il carattere, – diceva per scusarsi. E d'improvviso diventava gentile, mi chiamava bella mia e mi raccontava i fatti suoi. Parlava per ore dei figli, che tra di loro non andavano d'accordo e il cuore le si era ammalato per i dispiaceri che le davano. Oppure si confidava a bassa voce, come se qualcuno origliasse dietro la porta: protestava che la testa le funzionava fin troppo bene mentre le sue gambe l'avevano inchiodata sulla sedia a rotelle e le ossa erano diventate di vetro. Quella carrozzella la odiava, se avesse avuto la forza l'avrebbe distrutta a martellate.

– Oh se potessi prendere un aereo e volare nel cielo, viaggiare per il mondo! – diceva nei momenti di noia guardando la strada.

– Chissà da giovane quante cose ha fatto, signora.

Ma lei rispondeva che da giovane c'era la guerra e poi si era sposata ed erano arrivati subito i figli, e dopo i figli i nipoti e la pace l'aveva trovata solo adesso che era inferma.

– E mi sa che la pace è proprio una brutta cosa, – concludeva battendo le nocche sul bracciolo. – Era meglio continuare a tribolare!

Il suo peso mi stancava, facevo fatica a sollevarla e a vestirla. Dappertutto era piena di rotoli di grasso e lavarla bene era molto complicato. La notte, poi, mi dovevo alzare un'infinità di volte per portarla in bagno. Aveva una sedia di fianco al letto in cui poteva fare i suoi bisogni, ma anche raggiungerla per lei era difficile. Cosí restavo sveglia a cambiarla e a buttare stracci per terra per togliere il piscio. Passavo le mattine a lavare lenzuola e a stendere le coperte sul davanzale. La pregavo di mettersi il pannolone prima di dormire, ma Elena s'impuntava come una bambina e se lo strappava sotto le coperte.

– Si vede che hai schifo di me, – si lamentava mentre le facevo il bagno. – Si vede che lo fai solo per i soldi. Io invece nel mio mestiere ci mettevo amore.

– Ma lei faceva la pastaia!

– Non c'entra! – rispondeva piccata togliendomi la spugna di mano e tentando goffamente di lavarsi la schiena da sola.

Suo figlio cercava di mettermi in guardia: – Mia mamma sa anche essere cattiva.

Matteo faceva il pediatra in ospedale. Aveva cinquant'anni, i capelli sale e pepe e due occhi azzurri sotto le lenti leggere. Mi piaceva la sua faccia da ragazzo e quel sogghigno complice che sfoderava di nascosto quando la madre diventava patetica. Ci stavamo simpatici. Sapendo che andavo matta per i bignè alla crema, me ne portava sempre un cartoccio. – Dài, siediti vicino alla mamma che oggi vi servo io, – diceva mentre preparava il caffè.

Di sé non parlava mai, ma Elena mi aveva raccontato che era separato e aveva due figli.

Certe sere mi dicevo: tutto sommato mi è andata bene. Elena ha le sue lune, è vero, ma non sragiona come Giovanni e non ha scatti d'ira.

In realtà il suo carattere mi snervava, era piena di manie ossessive e non le andava a genio niente. Passava in un attimo dall'essere scorbutica e aspra a materna e amorevole, non capivo mai chi avevo di fronte.

Il pomeriggio ascoltava Radio Maria, tutto il rosario a un volume da stadio.

– Elena, può abbassare un po'? – le chiedevo.

– No, se non t'interessa vatti a fare un giro.

Allora uscivo a fumare giú al portone e al ritorno la trovavo col muso. – Mi sono messa in casa una senza Dio, nemmeno dici le preghiere.

Una sera mentre le facevo il bidet mi si bloccò la schiena, restai letteralmente piegata. Elena chiamò la sua dottoressa e la pregò di venire immediatamente. La dottoressa mi prescrisse delle punture, e davanti a lei Elena annunciò: – Non ti preoccupare, te le farò io. Tanto anche tu mi vedi nuda, brutta come sono diventata.

E mi curò davvero. E davvero ci mise piú amore di quanto ne mettessi io per lei. Alle undici e mezza mi preparava la pasta al burro, metteva il vassoio sul girello e mi portava il piatto a letto.

– Ci vuoi il formaggio? – chiedeva.

– Un po', grazie.

E con un gesto teatrale lo distribuiva prima di tornarsene di là.

Non si lamentò neanche una volta. Prendersi cura di me la faceva sentire viva e forte. Dopo l'ultima puntura riempí la vasca d'acqua calda e disse che potevo lavarmi. Io obbedii senza battere ciglio.

– Mettiti qui davanti a me, – mi ordinò dopo il bagno.

Cominciò a pettinarmi con la sua mano incerta, e quando incontrava un nodo mi rassicurava: – Sta' tranquilla, non ti farò male –. Sentivo i denti del pettine e mentre guardavo i muri opachi, i mobili di un'altra epoca e quel brutto divano, la ascoltavo cantare a bocca chiusa. La sua mano improvvisamente divenne ferma e leggera come quella di mia madre. Aveva una voce flebile e melodiosa, Elena. Non so perché, ma il suo canto mi fece venire tanta voglia di piangere.

– I miei capelli erano ancora piú belli dei tuoi, sai? Luminosi e lisci come la seta, – ripeteva accarezzandomi la nuca.

Quel Natale tornai a casa. Eri piú alto di me ormai, e sul tuo viso si era fatta strada un'espressione imbronciata e severa. Eri sempre infastidito, non ti andava bene niente, non avevi mai voglia di scherzare né di stare assieme. Se ti proponevo di fare un giro in bicicletta rispondevi: «Non ora». Te ne andavi dal nonno o restavi fuori con qualche tuo amico che non conoscevo. Rientravi a ora di cena, mangiavi come un animale e ti chiudevi in camera.

«Perché sei tornata?», «Cosa vieni a fare se devi subito andar via?» Queste frasi dicevi se mi affacciavo sulla soglia per parlarti.

Ti interessava solamente avere soldi e quei maledetti accessori per il Nintendo e per il cellulare. Cose e soldi, soldi e cose: questo volevi da me. Cosí, per farla finita una volta per tutte, anche se era Natale, mi presentai a mani vuote.

– Non sono un bancomat, sono tua madre! – ti gridai prima di salire sul pullman che mi riportava a Milano.

Desideravo uno spazio mio dove essere lasciata in pace. Volevo andarmene lontano, e invece la maggior parte dei giorni uscivo soltanto per buttare la pattumiera. Matteo mi aveva suggerito di andare alla chiesa ortodossa, dove si riunivano tante donne dell'Est, ma non ci misi mai piede.

– Se tua madre scopre che vado in una chiesa ortodossa mi licenzia in tronco! – dissi, e lui rise sfiorandomi la mano.

Nel giorno libero preferivo andarmene a Milano. Arrivavo fino al parcheggio dei pullman, dove il sabato pomeriggio facevano il mercato moldavo e rumeno. Quello spiazzo tutto grigio si riempiva di bancarelle cariche di gonne a fiori, colbacchi, bicchieri di vino caldo e fette di pastrami. L'ultimo Capodanno l'ho passato lí, c'era la musica e si ballava sulla neve. Quando gli autisti si ubriacarono ce ne andammo a casa di una moldava, eravamo una ventina di donne e si formò una lunga fila di scarpe inzaccherate sullo zerbino. Qualcuna mise la musica e ballammo tra di noi fino al mattino, chi da sola, chi con un'altra donna perché i nostri uomini erano lontani. E Filip chissà dove, ormai.

Oppure me ne andavo all'Ikea. Il sogno di prendermi un monolocale e cambiare lavoro si riaffacciava spesso e cosí giravo per i reparti fingendo che le camerette allestite fossero per voi. Che voglia di sdraiarmi su uno di quei letti matrimoniali e farmi una lunghissima dormita! Sognavo che tutte quelle stanze pulite e luminose fossero mie, oppure mi mettevo a parlare con gli arredatori e tornavo nel soggiorno di Elena immaginando un salotto coi mobili bianchi come quello degli avvocati.

Domandai a Matteo se potevo fare l'infermiera nel suo ospedale ma lui mi spiegò che per essere assunti bisognava avere almeno una laurea di primo livello e superare un concorso. Quante volte avevo pensato di riprendere l'università, di rimettermi a studiare Architettura... alla fine, invece, non l'ho mai fatto. Passa il tempo e le ambizioni diventano velleità, parlo dei progetti che ho in testa e sono la prima a non crederci.

– Potresti fare l'operatrice sanitaria ma ci sarebbe un corso da seguire, – mi suggerí Matteo.

– Mi piacerebbe seguire un corso! – risposi entusiasta.

– In ogni caso secondo me dovresti cambiare, non puoi fare la badante per tutta la vita.

– Perché?

– Non ce la fai piú, si vede.

Quando Matteo passava a casa di sua madre si sedeva sul divano, accavallava le gambe e parlava con quel suo fare spiritoso che mi metteva di buon umore. La sua presenza spezzava un po' la noia delle giornate.

– Sai che quando vieni a trovarci poi la notte mi addormento prima? E anche tua mamma si sveglia di meno! Devi passare piú spesso, – gli dissi.

– Vuoi dire che sono soporifero?

– No! – risposi rossa in viso.

Le altre sere invece non mi addormentavo mai. Sapevo che Elena verso le due mi avrebbe svegliata, cosí restavo ad aspettare. Il buio della stanza mi assaliva e allora tiravo su pian piano la tapparella, aprivo per metà la finestra e mi mettevo come una spia a guardare dagli scuri. Abitavamo al quinto piano di un vecchio palazzo, si vedeva la strada deserta fino al sottopassaggio, in alto labirinti di tetti e ancora piú su la luna gelata. Qualche auto attraversava quella via lunga, le luci giallastre dei fari tagliavano il buio. Seguivo gli spazzini che svuotavano i bidoni e i pochi passanti che camminavano sui marciapiedi. La prostituta sotto la tettoia del benzinaio stava ferma a guardare il cellulare, poi spariva dentro una macchina che le accostava a fianco. I fattorini con in spalla le borse termiche pedalavano sulle bici guardando i telefoni fissati sui manubri in cerca delle case dove consegnare il cibo. Fissavo le finestre illuminate dei palazzi di fronte e mi sembrava di riuscire a penetrare dietro le tende. Vedevo i padroni ingoiati nei loro divani mentre i ragazzi sulle bici, la prostituta, io, Clarissa e chissà quanti altri stavamo svegli a servirli. Li immaginavo dentro le loro case e tra i denti ripetevo: – Che crepino.

Io e Elena passavamo la serata davanti alla televisione, le piacevano le serie e davvero la sua mente era ancora vispa. Il mercoledí guardavamo sempre *Grey's Anatomy* e lei teneva il filo delle puntate molto meglio di me, che confondevo le vicende e i personaggi e mi distraevo di continuo per mandare messaggi.

Una di quelle sere avevo cucinato il pollo lesso ed Elena, appena cominciò la pubblicità, si alzò per andare in bagno.

– La accompagno, signora?

– No, faccio da sola. E quando torno voglio che mi dai del tu, è piú pratico. Ormai viviamo assieme come due sorelle.

In corridoio le scivolò dalle mani il girello e cadde a terra. Mugolava come un animale ferito, perdeva sangue dal sopracciglio e io non riuscivo ad alzarla. Dovettero sollevarla in tre per caricarla sulla lettiga dell'ambulanza. Mi ritrovai a tarda notte al pronto soccorso insieme ai due figli che si rivolgevano a fatica la parola. Quando i medici dissero che si era rotta il femore non so che mi prese ma mi misi a gridare. Matteo mi portò fuori e mi allungò una compressa di Valium.

– Che ti succede? – disse.

Restai in silenzio. Lui mi prese sottobraccio e mi portò su una panchina all'aria aperta, vicino a una tettoia arrugginita.

– Che succede? – ripeté.

– Non lo so, scusa, – dissi mandando giú la compressa. – Mi dispiace per tua madre e mi dispiace per me. Non voglio perdere il lavoro, non ho un posto dove andare.

– Se le cose si metteranno cosí ti daremo il tempo di organizzarti, sta' tranquilla.

Andammo alle macchinette e presi un tè caldo che un po' mi calmò. Poi Matteo mi riportò a Quarto Oggiaro. Siccome era uscito di corsa dal lavoro e non mangiava da quella mattina lo accompagnai a prendere un trancio di pizza in un fast-food. Sembrava un uomo cosí calmo e intelligente, Matteo.

A casa feci una doccia e davanti allo specchio del bagno cercai i punti dove la signora Elena mi aveva fatto le iniezioni. Mi ricordai di quella sera che mi aveva pettinato i capelli e con un'ombra di voce cantava una canzone di chiesa. Quando la notte mi alzai per bere un bicchiere d'acqua d'istinto andai nella sua stanza per controllare se dormiva: a vedere il letto rifatto e tutto vuoto mi spaventai e non presi piú sonno.

Il giorno dopo i medici dissero che Elena aveva bisogno di stare in una struttura adeguata, non bastavo di certo io ad aiutarla. Avrebbe dovuto rimanere allettata, e non vedevano altra soluzione che metterla in una casa di cura.

– Gli obesi finiscono quasi tutti cosí, – sentenziò un dottore con aria di rimprovero.

Matteo e sua sorella si guardarono crucciati, sapevano che la madre avrebbe preso la notizia nel peggiore dei modi. E cosí fu. Dopo che glielo dissero Elena se ne stava con la testa girata e non parlava piú. Da quel giorno aprí bocca solo per chiedere l'acqua. Con gli occhi vitrei fissi al muro ripeteva soltanto: – Io li ho cresciuti e ho cresciuto i loro figli. Come possono lasciarmi qui? Hanno il cuore dei cani?

Alla casa di cura la accompagnammo io e Matteo. Seguimmo con l'automobile l'ambulanza che viaggiava a sirene spente verso Pavia. Attorno all'ospizio c'erano solo la strada, i cartelli che indicavano paesi di provincia e campi arati punteggiati di cascine diroccate.

Matteo chiese al portantino di lasciargli spingere la carrozzella fin dentro la stanza.

– Mi porti a morire qui? – ripeteva la signora Elena ad alta voce. – Matteo, parlo con te, vuoi far morire tua madre qui dentro?

Per sdraiarla la caricarono su una pedana. Il letto aveva un bottone per alzare e abbassare lo schienale, quello sarebbe stato il suo unico movimento. Chiesi anch'io all'infermiere di lasciar fare a me e lui sorrise. Come sarebbe stato bello fare il suo lavoro, arrivare il mattino e andarmene la sera in un appartamento tutto mio, essere al servizio di un gruppo di anziani ma di nessuno in particolare, assisterli per sei o sette ore e poi uscire all'aria aperta e sentire addosso quei fasci di sole che entrano nei corridoi e nelle stanze.

Cambiai Elena per l'ultima volta, sfiorai i suoi seni larghi e cadenti, la pelle grassa e grinzosa, ancora di un bel rosa vivo. L'infermiere sudamericano le portò una mela cotta, Elena ne buttò giú un paio di cucchiaini con aria schifata e poi la lasciò sul comodino a farsi scura. Quando la abbracciai per andarmene, mi salutò appena. E anch'io mi sentivo il cuore di cane.

Tornammo verso Quarto Oggiaro ascoltando Lou Reed. Matteo disse per telefono a sua sorella che tutto era andato bene e lei rispose che l'indomani sarebbe venuta a trovarla di buon mattino. Eravamo logorati dalla giornata.

– Da vecchio spero di non aver bisogno di nessuno e di andarmene a morire in un angolo come fanno i passeri.

– Anch'io. Giusto il tempo di sdraiarmi a terra, chiudere gli occhi e ripetere il nome dei miei figli.

– Esatto, cosí. Senza aver bisogno di niente, – concluse prima di alzare il volume dello stereo e mettersi a cantare a mezza voce.

A casa della signora Elena bevemmo il caffè, poi ci sedemmo sul divano a guardare fuori dalla finestra come faceva lei nei pomeriggi d'inverno. Avrei voluto dire a Matteo delle parole intelligenti o consolanti ma non ne trovavo. Restammo in silenzio, e appena lo guardai in viso lui mi baciò con un gesto brusco e premeditato. Mi tolse in fretta i vestiti e iniziammo a fare l'amore, lí sul divano. Io gli mordevo la spalla, lui mi graffiava la schiena. Mi sentivo un torrente che straripa. Dov'era sepolto tutto quel desiderio?

Matteo lasciò andare la testa all'indietro e restò a fissare il soffitto col respiro ansimante. Dopo poco volevo rifare l'amore nello stesso modo disperato ma non so se lui non ne avesse piú la voglia o la forza. Si sdraiò sulle mie gambe e stette a guardare il soffitto, poi allungò la mano nella sua valigetta di cuoio e tirò fuori un libro.

– È per te, – disse. – È il manuale di storia dell'arte che usa mia figlia al liceo. A me piacciono i libri di scuola.

Sorrisi, gli accarezzai i capelli, poi scivolai lentamente sul pavimento freddo e mi misi in ginocchio a baciarlo. Lui mi accarezzava la testa, e mentre lo baciavo mi premeva contro di sé sempre piú forte ripetendo il mio nome. Fuori intanto scendeva la nebbia.

Sfogliammo a caso il manuale, nudi e stretti sul divano vicino alla finestra. Matteo si fermò a guardare un quadro che non conoscevo: c'era Enea che portava in spalla suo padre Anchise. Una luce obliqua cadeva sull'eroe.

Sei ancora vivo. Hai sempre gli occhi chiusi, il viso semicoperto dal tubo del respiratore, il sondino nello stomaco, l'ago della flebo di sodio cloruro nel braccio, ma sei ancora vivo. Respiri.

Siamo al settimo piano, l'ultimo dell'ospedale. Quassú possono arrivare solo i medici, gli altri devono essere accompagnati. Fuori non si vedono piú le querce, soltanto il cielo vuoto.

La stanza del sonno è una piccola camera quadrata, c'è un letto e di fianco macchinari identici a quelli della Terapia intensiva. Sulle pareti hanno disegnato il mare, chissà chi è stato a dipingerlo. Mi sarebbe piaciuto sporcarmi le mani con la tempera per rallegrare i muri di questa stanza. Prima lo disegnavo spesso, il mare. Barche a vela punteggiavano il blu. Tratti decisi di bianco per le vele, appena accennati per la spuma delle onde.

Dobbiamo separarci, non posso piú rimanere di fianco al tuo letto. Potrò restare nell'anticamera, seduta dietro un banchetto dove si appoggiano i medici. Ti vedrò da un monitor che inquadra il tuo volto. È incredibile, sono qui e dovrò di nuovo vederti da uno schermo, come fossi in Italia.

– Non voglio sentire una sola parola di protesta, – mi ammonisce il dottor Petran. – Se non le va bene può prendere la sua roba e tornare nell'orario delle visite, come tutti gli altri.

Quando sto per uscire mi chiede se voglio pulirti il viso. Mi avvicina il vassoio coi batuffoli di cotone e l'acqua micellare e sotto la sua sorveglianza te li passo sulla fronte e gli zigomi, il naso e le guance, la bocca e il mento.

– Lo vuole toccare?

– Come?

– Vuole toccarlo?

– Sí, certo, – rispondo stupita.

– Faccia piano, usi il dorso delle dita.

Ti accarezzo il braccio nudo e mi sembra di cogliere un fremito sul tuo viso. Poi ti saluto e vado via.

Staremo qui dentro, io e te, separati da un vetro. Disturbati soltanto dalle infermiere e dai medici che faranno capolino per accertarsi della nostra esistenza. Cosí per giorni, mesi. Oppure no, staremo cosí per anni. Fino a non conoscere piú nessun fatto del mondo. A non sapere piú contare il tempo.

Non ti sto raccontando i ritorni, i giorni in cui mi hai vista arrivare sul carro di Marin o sul pianale del motocarro di qualche vicino di casa. Non ha senso che in questo racconto finiscano i momenti in cui sono tornata e subito ripartita. E poi i ricordi comuni non esistono, ognuno della memoria ci fa quello che gli pare.

Tieni pure i pensieri che facevi su di me, credi pure che ti abbia lasciato indietro. Io mi terrò la colpa di averlo fatto senza volerlo. Lo riconosco: dietro la tua rabbia non sono stata capace di leggere la nostalgia. Anzi, sai una cosa? Prima di partire non sapevo cosa fosse, la nostalgia. Credevo si trattasse solo di una parola, una di quelle fantasie di chi scrive canzoni.

Del tempo in cui ci siamo ritrovati dovremo discutere insieme. Senza fretta, quando vorrai. Io cercherò di non darti ragione solo perché hai riaperto gli occhi, e se mi sentirò offesa terrò lo stesso la bocca chiusa, aspetterò che tu finisca di parlare prima di dirti che sbagli. Se non riuscirò a sostenere il tuo sguardo mi metterò a disegnare. Userò la matita gialla anche se mi dirai che ho sbagliato tutto.

La stanza del sonno. Il nome sembra evocare un posto di pace, invece i medici trafficano di continuo. Ieri ti hanno portato via per l'ennesima Tac, oggi ti hanno somministrato un farmaco nuovo che serve per fluidificare il sangue. Anche stasera ti hanno girato, si sono formate le prime piaghe sulle anche e all'altezza del bacino. Ci vuole una nuova crema che dovrò pagare al dermatologo del reparto, l'ospedale non può provvedere a tutti i farmaci. I soldi sono diventati un problema, e i figli di Oreste hanno trovato un'altra badante. Pensavano che tornassi e per un po' hanno fatto i turni, ma io molte volte non ho nemmeno risposto alle loro telefonate. Quando finalmente li ho richiamati mi hanno detto che al mio posto avevano assunto un'equadoregna.

Insomma, non ho piú un lavoro. Dovrò richiedere l'assegno di disoccupazione, quella miseria che prendevo prima di emigrare. Non so come faremo, ma non ti preoccupare, in qualche modo faremo.

Non riesco a raccontarti piú niente. Non ho il tuo viso vicino, non posso allungare la mano di nascosto per sentire il battito del polso né toccarti i capelli. Guardare tutto il giorno lo schermo, senza avere attorno quelle antipatiche delle infermiere, mi fa venire i capogiri. A volte parlo da sola, inizio delle frasi e non so se sto parlando con me, con te o se sto solo sprecando il fiato. Forse è un bene che tu non riesca a sentirmi. Non mi rendo conto di quello che dico, come l'altra volta che ti ho raccontato di aver fatto l'amore con Matteo. Sono cosí stupida e sconclusionata...

Ieri un dottore mi ha consigliato di fare degli esami. – È ora che si riguardi un po' anche lei, signora. Non ha una bella cera –. Eppure devo riuscire a raccontarti un'ultima cosa. Anche a brandelli, in ordine sparso, ma voglio farti conoscere l'ultimo capitolo di questa storia in cui non ci sei. Non vedo il cortile, il cielo color ferro, le aiuole che in fretta si riempiranno di fiori e che mi distraevo a guardare quando non ne potevo piú di vederti immobile in Terapia intensiva. La tua mano che non mi sa stringere, le grinze del lenzuolo, i *bip* del respiratore artificiale: non ho nemmeno piú questo. Cosí, siccome non posso ascoltare il tuo respiro, passo ore ad ascoltare il mio: da quando l'aria entra nella bocca fino a quando scende nei polmoni. I tuoi occhi sullo schermo mi fanno rabbia, come se tu non stessi facendo la tua parte. Lo fai apposta? Li vuoi tenere chiusi per farmela pagare?

Prima di venire qui lavoravo con Oreste, lo sai. Ero affezionata a quel vecchio. «Non si lasciano i figli, e poi la stanza per Manuel c'è», ripeteva con tono bonario e insieme di rimprovero. Al telefono mi sforzavo di non dirti niente, ma non immagini quanto ci pensassi. Andavo a vedere le scuole, il centro sportivo dove avresti potuto giocare a calcio. Oreste abita in centro a Milano, in un quartiere che si chiama Sant'Ambrogio. Vive in una casa grandissima e piena di mobili antichi. È stato un giornalista importante, ha conosciuto anche il papa. Ah sí scusa, ho dimenticato di dirti l'età. Oreste ha ottantatre anni. Ho avuto la fortuna di andargli subito a genio, cosí mi ha assunta in fretta. Mi piaceva stare con lui, portarlo in giro, ascoltarlo raccontare. Appoggiato al girello poteva camminare anche un'ora. Nei pomeriggi d'inverno prendevamo le caldarroste, entrambi ne andiamo matti. Oreste staccava le braccia dal girello, ne pescava una dal cartoccio e se la mangiava a piccoli morsi come uno scoiattolo. Da sola, invece, mi compravo le pannocchie arrostite perché costavano meno. Quando mi rimaneva il torsolo in mano mi pentivo di averla presa.

Mi si chiudono gli occhi. Appoggio la testa sul braccio ma, mi raccomando, tu stammi a sentire lo stesso e non ti preoccupare: se muori morirò anch'io.

Ho imparato piú da Oreste che in tutti gli anni di scuola. A volte diceva: «Daniela, cercami quel libro» e si sforzava di ricordare titolo e copertina. Spesso leggeva ad alta voce, le poesie soprattutto. Declamava e ogni tanto si fermava a chiedere: «Mi segui?» Parlava lentamente, con quella cadenza napoletana che apriva le vocali e faceva gustare le parole. Quasi non mi sembrava di lavorare. Poi, una notte, l'inferno. Ha avuto un'ischemia dietro l'altra. Nel giro di qualche settimana l'Alzheimer l'ha letteralmente divorato, non riconosceva piú nessuno, cercava di scappare per le scale. Ero sbigottita, non sapevo che fare. Telefonai a Clarissa, che aveva già lavorato con un malato di Alzheimer. Mi consigliò di andare agli incontri che organizzavano al Policlinico: «Ti insegnano ad aiutarli, a gestire il tempo e anche a non impazzire» disse, cercando di rassicurarmi. Imparai ad allestire la stanza dei ricordi. Vero che è un bel nome? Trasformai il suo studio in un museo. Insieme ai figli tirammo fuori dagli armadi e dalla cantina gli oggetti della sua vita: la macchina da scrivere, la radio a valvole, un vecchio telefono con la cornetta pesante. Le fotografie del suo matrimonio e dei figli piccoli, la teca dei giornali, i libri che amava... ogni oggetto disposto attorno al tavolo, come in una mostra.

A guardare quelle cose spesso gli si illuminano gli occhi, e allora Oreste cerca di parlare. Non ci riesce piú ma almeno non sente il bisogno dei calmanti, tutti quegli antipsicotici lo buttano a terra. Non posso credere che si sia ridotto cosí. Come non posso credere che tu sia qui, dietro questo vetro, con gli occhi chiusi, che tu sia qui perché per colpa mia, o forse per tua volontà, ti sei schiantato con un motorino. Sai cos'altro diceva Oreste? «Mi dovete portare a Napoli!» Cosí vociava quando i figli passavano a trovarlo. «Facít 'ampréss!» ripeteva in dialetto. Mi sarebbe piaciuto accompagnarlo, anche perché dell'Italia non ho visto niente. Non sono mai stata a Firenze, a Roma, neanche a Venezia.

Ecco la signora in camice bianco che porta la cena. Come sarebbe bello poter mangiare di fianco a te. Stasera c'è il pollo, ti ricordi come ne andavi matto? Soprattutto per quello allo spiedo che comprava tuo padre. Ci metteva il peperoncino e la pelle veniva bella abbrustolita. Vorrei farti sentire il profumo, magari ti piacerebbe anche questo. Qui dentro stagna un'aria che sa di acqua ossigenata e colla di cerotto. Questi idioti di dottori pensano che farti toccare le cose, farti ascoltare la musica, farti sentire un odore siano scemenze, invece non è cosí. Se non ti svegli mi organizzerò per portarti a casa. L'aria di campagna ti farà bene, ne sono sicura.

Quando me ne sono andata all'aeroporto per venire qui Oreste non se n'è nemmeno accorto. Del tempo trascorso assieme, delle passeggiate, delle pagine lette insieme in lui non c'è piú traccia. Chissà dove finiscono i ricordi quando la mente svanisce.

Oggi sembra un giorno d'estate. I giardinieri stanno potando i rami e tagliando l'erba, il profumo arriva fin dentro questa stanza isolata sotto il tetto dell'ospedale. Le giornate si sono allungate. In cortile la gente cammina con i giubbotti aperti, qualcuno tiene la giacca appoggiata al braccio. Il cielo è di un azzurro antico, nelle stanze dei reparti il sole imbiondisce i muri e i visi dei pazienti.

Continuo a parlarti e credo di vivere anch'io un lungo sonno che non si interromperà mai. Un sonno a occhi aperti che alla fine di questo racconto chissà dove mi porterà. Non riesco a immaginare cosa succederà, se sarai ancora qui davanti a me senza accennare a un movimento, né cos'altro potrò fare io qui dentro. Lo so, devo imparare a vivere per chi resta e non ne sono ancora capace. Il pensiero che non ti sveglierai sta pian piano entrando in me, è un ago che ha penetrato la pelle. Sento la medicina raggiungere i nervi, insinuarsi nella carne. Ma non fa male, è solo un ultimo attraversamento.

Quando le signore col carrello salgono qui per distribuire i pasti riempiono il piatto e me lo servono come a un qualsiasi ricoverato. Un mestolo di minestra, due fette di prosciutto, una mela. Io mangio senza voglia, anche se vorrei non bere e non mangiare piú. Bucarmi con l'ago della flebo, infilarlo nelle vene per nutrirmi e rimanere cosí, sdraiata in silenzio di fianco a te. Allora finalmente anche le parole non servirebbero, perché saremmo la stessa cosa.

Sono sempre meno i momenti in cui mi alzo convinta

che stai per svegliarti. Ieri guardavo il macchinario che monitora il cuore e il respiro, seguivo i cavi fino alla presa di corrente. Ci inizio a pensare. Uno strappo, il silenzio della macchina. Niente piú *bip*, niente piú pompate di ossigeno dal respiratore. Niente. Ti libero da tutto.

Una mano mi prende la spalla. Non è il dottor Petran, non è un'infermiera che mi porta la camomilla e non è Angelica. È tuo padre. Ha i baffi grigi e ha messo su pancia, ma ha ancora gli occhi accesi. Ci guardiamo fissi come sentinelle, poi lui prende coraggio e mi stringe mentre fissa a bocca aperta il monitor.

Lo lascio solo nella stanza del sonno per un'ora intera. Mi metto appoggiata al muro del corridoio, incrocio le braccia sotto il seno e lo guardo piangere. Vorrei che ti parlasse, che ti raccontasse anche lui la sua storia, ma sono sicura che non lo sta facendo. Fuori dalla stanza strizza gli occhi e cerca di non guardarmi.

– Vuoi dell'acqua? – gli chiedo.

– Voglio che Manuel si svegli.

– Bevi dell'acqua, – ripeto mettendogli la bottiglietta in mano.

– Voglio anche che ci perdoni, – dice prima di bere.

– A volte mi sembra che il suo viso sia di nuovo quello di quando era piccolo.

– Potresti lasciarmi ancora un po' da solo? Faccio due passi, poi torno da te e non ne parliamo piú.

A pranzo mangiamo al tavolo di plastica del bar dell'ospedale. Angelica appoggia la testa sulla spalla del padre, gli scocca un bacio sulla guancia, gli racconta della discussione della tesi.

– Scusa se non sono riuscito a venire.

– Tranquillo, non è venuta neanche mamma, – ribadisce con un'occhiata. – Piuttosto, devi portarmi sul camion. Anzi, posso provare a guidarlo?

– Va bene! – ride lui.

– Oppure una volta che vai verso la Siberia vengo con te, tanto su quel bestione si potrà anche dormire, giusto?

– Certo che si può. Però guarda che il bestione non è mio, magari lo fosse!

Adesso che non lavora piú in fabbrica le sue mani sono tornate lisce. I denti, invece, sono sciupati e la stempiatura gli si è allargata, come due ali d'uccello disegnate sul cranio. Sembra irreale che siamo sposati e abbiamo messo al mondo due figli. Eventi di un'altra vita.

Rimaniamo insieme fino a cena, io e Filip, con la schiena appoggiata al calorifero del corridoio. Un po' parliamo, un po' passeggiamo nel tentativo di non lasciare spazio alle lacrime.

Al termine dell'orario di visita gli mostro la mia stanza, quell'ambulatorio dismesso di fianco alla Terapia intensiva dove scendo ogni sera alle otto.

– Dormo con te? – dice Filip. – In due ci stiamo, oppure mi metto per terra.

– Ci sgriderebbero.

– Ma tu vorresti? – chiede alzando lo sguardo.

– Credo di no.

Allora lui si avvicina, mi tira il colletto della maglia e cerca il mio seno con la mano. Io lo spingo via e sto per mettermi a urlare, ma lui fa in tempo a infilare dentro un mazzetto di banconote.

– È tutto quello che posso, – dice abbassando le mani.

Rimango a guardarlo cercando di capire se lo odio.

– Davvero non vuoi che stanotte resti con te?

– Davvero.

– Sei tu che sei andata via, te lo ricordi?

– Sí.

– Mi hai abbandonato.
– Smettila di parlare come un ragazzino.
– Dovresti smetterla tu, Daniela.
– È vero che fai il camionista?
– L'ho fatto per un anno e mezzo, poi mi hanno lasciato a casa. Con quello che ho guadagnato ho comprato un furgone, adesso faccio il fattorino.
– E guadagni bene?
– No, uno schifo. E non mi fermo mai.
– Stai con un'altra?
– Cos'è, un terzo grado?
– Stai con un'altra? – ripeto impassibile.
– Che t'importa.
– Hai ragione, non m'importa.

Restiamo a guardarci come duellanti, poi Filip si avvicina e mi tocca i capelli: – Per favore, non dire ai ragazzi che faccio il fattorino.
– Sta' tranquillo, non glielo dirò.

Eppure mi è dispiaciuto che Filip non fosse qui. Avrei voluto che ci fossero tutti. Angelica, mia madre, Anna, Oreste... Invece quel giorno c'eravamo solo io e il neurologo che studiava gli esami sullo schermo del computer. Non ti parlavo o non ricordo che lo stessi facendo. Hai aperto prima un occhio, poi l'altro. Io mi sono tenuta alla sedia girevole, come fossi su un aereo che sta per schiantarsi. Non hai mosso la testa, solamente le pupille. Ho stretto il monitor tra le mani e mi sono alzata piano, indietreggiando in punta di piedi. Ho tirato il neurologo per il camice e gli ho indicato il tuo viso senza riuscire a parlare. Lui è entrato nella stanza del sonno, si è avvicinato ai tuoi occhi e con il pollice ha sollevato una alla volta le palpebre che si erano riabbassate. Ha alzato l'ossigeno, ha auscultato il tuo petto con lo stetoscopio, poi con due dita ha preso a massaggiarti la fronte, il collo, infine le spalle.

– Faccia l'interno 7, dica di mandarmi due infermiere e di far salire il primario.

Ripetevo quel numero come fosse una combinazione impossibile da memorizzare. Il dottor Petran ha ordinato di attaccare un'altra flebo. Gli ho chiesto cosa stava facendo e lui mi ha detto di stare zitta e di uscire immediatamente.

Dopo un'ora è venuto fuori il neurologo e ha annunciato: – È sveglio.

Ho abbracciato quel medico fino a fargli male. La felicità sono il pianto e il riso che esplodono assieme, lo so come so che respiro.

Quando anche il dottor Petran è uscito in corridoio mi ha detto: – È reclusa in ospedale da settimane e adesso che suo figlio è sveglio non entra?

Non riuscivo a muovermi né a smettere di singhiozzare. Il neurologo rideva e mi dava pacche sulla spalla dicendo di aprire le braccia e respirare a bocca aperta.

– Entri dopo che ha smesso di piangere. Non lo agiti, non lo stanchi e non gli parli. Niente stimoli inutili, ha capito? – ha detto puntandomi il dito in faccia. – Tra poco può essere che si riaddormenti, ma non è piú in coma, – e ha fatto segno a un'infermiera di controllarmi a vista.

– Adesso cosa succederà? – ho balbettato.

– Domani glielo spieghiamo, – ha risposto il dottor Petran. – Ora si calmi e avvisi Angelica. E non entri in questo stato, per cortesia!

Angelica si è fatta accompagnare da Mario, il vicino di casa. Quando siamo entrate nella stanza del sonno ti guardavi attorno come un neonato.

Parte terza
Boomerang

Dopo un mese Manuel è uscito dall'ospedale. Mamma ha preso in affitto un piccolo appartamento in centro a Iași, dove abbiamo vissuto per tutta l'estate. Costava caro, ma non c'erano altre possibilità: fare ogni giorno avanti e indietro da Rădeni era impossibile. Io mi arrangiavo sul divano-letto, loro due si sono sistemati in camera. Avevano anche un balconcino su cui mamma usciva a stendere i panni e mio fratello a leggere i fumetti. Manuel ha fatto la riabilitazione in day hospital: due mesi di fisioterapia, esami neurologici, oculistici, ortopedici...

Il dottor Petran ci è stato ancora accanto, cercando di confortare Manuel, di tranquillizzare me e soprattutto di far ragionare mamma.

– Ascolti quello che le ha detto lo psichiatra: non tormenti suo figlio di domande. Niente «perché l'hai fatto», «cosa ti ricordi di quel momento» e storie del genere, ha capito?

Il neurologo, all'uscita dall'ospedale, ha confermato che il cervello non aveva subito danni e che i focolai emorragici si erano tutti riassorbiti, Manuel sarebbe stato semmai piú lento nei movimenti. Lo psichiatra, invece, avendolo trovato abbattuto, gli ha dato un antidepressivo, che però Manuel non ha mai preso.

Anche la fisioterapista, una donna massiccia e con una faccia da maschio, è diventata via via piú incoraggiante.

– Non è bastato tenerlo su un materasso antidecubito, i tessuti però sono forti, le piaghe lasceranno cicatrici ma prima o poi spariranno, – ci spiegava mentre gli sollevava le gambe per massaggiarle. Spalmava sulla pelle una crema viscida e trasparente che dovevamo comprare prima delle sedute. Mamma, tutte le volte che doveva pagare, scuoteva la testa.

– Siamo punto e daccapo, – mugugnava tirando fuori le banconote da una busta strappata in un angolo.

Era sempre piú ossessionata dai soldi, certe volte la vedevo al tavolo della cucina che faceva conti su un blocco di carta e poi allontanava i fogli con uno scatto di nervi, ripetendo che papà era uno stronzo. A proposito di papà: dopo quel giorno in cui è comparso in ospedale e abbiamo mangiato insieme al bar, non si è piú fatto vedere. Ci ho parlato una volta al telefono ma è stato vago e impacciato, non mi ha detto nemmeno quando sarebbe tornato né quando ci saremmo risentiti. E infatti poi non ha piú risposto, mandava un messaggio vocale ogni tanto chiedendomi come stava Manuel e venendosene fuori con delle promesse ridicole.

All'inizio accompagnavo anch'io mio fratello alle sedute di riabilitazione. Ci passava a prendere un pullmino dell'ospedale alle sette e mezza in punto. A quell'ora faceva fresco. È stata un'estate molto afosa e per fortuna quella palestra aveva i soffitti alti e le finestre grandi, almeno girava un po' d'aria. Mi mettevo di fianco a mamma, su una panca appoggiata alla parete. C'era un viavai continuo di down, autistici, vecchi che facevano ginnastica postoperatoria, altri che avevano avuto incidenti come Manuel. Mi dispiaceva non avere piú esami da preparare, studiare sarebbe stato un buon modo per isolarsi da quello spettacolo. A volte le sedute duravano anche tre ore. Gli facevano la manipolazione vertebrale prima di concentrarsi sulle braccia e sul collo. – Cerchiamo di scongelare un po' questa spalla, – diceva lo stesso medico che poi gli copriva le gambe di adesivi per attaccarci sopra i cavi dell'elettrostimolazione.

In pausa Manuel prendeva la stampella e s'incamminava verso di noi col suo passo lento e ciondolante, i capelli gli cadevano sugli occhi e lui lo faceva apposta a non liberare mai la fronte. Glieli ha tagliati mamma un pomeriggio dopo le terapie. Manuel seduto sul water e mamma che sollevava una ciocca alla volta: – La faccia, voglio vederti la faccia! – ripeteva a ogni sforbiciata.

Senza quella criniera sembrava tornato bambino. Il coma gli aveva cambiato aspetto, aveva gli occhi piú grandi e sperduti, le labbra secche, la voce sfiatata per via dell'intubazione. Se non fosse stato mio fratello avrei fatto fatica a riconoscerlo.

La fisioterapista lo faceva marciare sul perimetro della palestra: – Un-due, un-due! – ripeteva, e se Manuel si fermava a riprendere fiato accorreva col suo camice svolazzante battendo le mani e gridando con una voce da generale: – Su su, non ti fermare!

Era una scena insopportabile, il tempo non passava e vedere mio fratello cosí affaticato metteva voglia di portarmelo via. La seduta finiva con un'altra serie di massaggi per rilassare i muscoli. Mamma a guardarlo seduta sulla panca diceva: – Com'è difficile riprendere a vivere.

Dopo una settimana non ci sono piú andata, aspettavo in casa e preparavo da mangiare. Se c'era fresco pranzavamo sul balcone della camera, se no davanti al telegiornale. Che strano vivere lí dentro con mamma e Manuel. Quei due m'inseguivano ovunque, e ovunque mi toccava occuparmi di loro. Ricordo il primo giorno che avevo messo piede nello studentato: mi ero sdraiata sul letto, mi ero accesa una sigaretta e avevo tirato un grido di liberazione.

Manuel dall'ospedale tornava stremato, verso le sei mangiava e poi si sdraiava sul divano. Stare davanti alla tv o al Nintendo gli faceva bruciare gli occhi – «me li sento annebbiati», diceva – cosí cercavamo di intrattenerlo facendo un gioco da tavola, o chiacchierando. Nessuno dei suoi compagni di classe si era fatto vivo e lui non aveva la minima voglia di sentirli. Se glielo proponevamo si indispettiva e rispondeva di non rompergli le palle. Io e mamma allora ci mettevamo sulla sedia di fronte a lui, ma i nostri discorsi si spegnevano in fretta. Cose da raccontarci non ne avevamo.

Una sera abbiamo ordinato una pizza col salame, la preferita di Manuel. L'abbiamo mangiata senza apparecchiare la tavola. Io e mamma con i cartoni appoggiati sulle gambe, mio fratello con i piedi distesi su un'altra sedia. Finita la cena ho chiesto se gli andava di ascoltare la radio ma non ne aveva voglia. Si è addormentato presto e anch'io sono andata a stendermi in camera da letto, ero stanca. Stavo chattando al telefono e a un certo punto ho sentito mamma parlare. Dopo un po' che andava avanti mi sono alzata e ho appoggiato l'orecchio alla parete, le sue parole però mi arrivavano confuse. Quando sono andata di là in punta di piedi l'ho trovata di fianco a Manuel che gli accarezzava le gambe. Appena mi ha vista si è zittita.

– Parli da sola?

– Sí, – ha ammesso a mezza voce.

– Manuel dorme sul divano?

– Stasera resto qui, vai pure nel letto grande.

– Vuoi dormire seduta?

– Sono abituata, – ha detto sorridendo a bocca chiusa.

– Cosa stavi dicendo, le preghiere?

Lei ha abbassato la testa, ma vedendo che non me ne andavo ha risposto: – Gli racconto cosa facevo in Italia, vorrei che capisse che l'ho fatto per lui.

– Allora perché non gli parli quando è sveglio?

– È avanzato del caffè? – ha chiesto continuando ad accarezzargli le gambe.

– C'è solo quello solubile.

– Va bene lo stesso.

Abbiamo bevuto il Nescafé al buio. Manuel russava leggermente, fuori si sentiva il traffico in lontananza. Nugoli di zanzare e di farfalle notturne si ammassavano sotto il lampione.

L'incidente gli ha compromesso l'uso della spalla, per un po' Manuel non riuscirà a sollevare pesi né a correre. Nonostante questo il coma, a detta dei medici, è stato una fortuna.

– Una protezione del corpo, che è fatto per guarire da solo, – ci ha spiegato il dottor Petran nel suo studio, con Manuel che ascoltava distratto e si asciugava il sudore per la stanchezza dopo la fisioterapia.

Ai colloqui coi medici mamma preferiva ci fossi anch'io. La vita in ospedale l'ha sfiancata piú di quella in Italia. Fa fatica a concentrarsi, spesso si incanta a guardare il vuoto.

– Sei laureata, capisci meglio di me, – diceva per convincermi.

A me quelle uscite irritavano, erano il solito modo di buttarmi addosso responsabilità mascherandole da complimenti, ma io dei complimenti non me ne faccio niente. Davanti agli altri era tutta orgogliosa, io ero la prova vivente che i suoi sacrifici erano serviti, ma intanto non si era presentata all'università neanche il giorno della mia laurea.

Se invece non avevamo appuntamento coi medici restavo a casa, aspettavo che entrambi uscissero e verso le otto mi alzavo. Andavo a fare colazione da Tania, una delle poche ragazze che c'erano nello studentato a luglio. Aveva una stanza all'ultimo piano e stava sistemando la tesi. Era bello passare il tempo con lei perché non c'era bisogno di parlare. Arrivavo nella sua camera, mi sedevo sul letto a gambe incrociate, mangiavo un paio di fette di pane tostato col burro e bevevamo il caffè. Lei rimetteva un po' in ordine, passava meticolosamente lo straccio sulla scrivania perché era allergica alla polvere e poi si metteva a studiare dandomi le spalle. Quando le dicevo che me ne stavo andando si girava e sorrideva.

– No dài, resta ancora un po'.

Per me amicizia non vuol dire confessarsi, io non ho sempre voglia di guardarmi dentro. Anzi, ho bisogno di distrarmi, a volte proprio di dimenticare chi sono. Al liceo uscivo con Bea e Clara, le costringevo ad ascoltare le mie lagne per ore. Finita la scuola ci siamo perse, e adesso non so nemmeno che fanno o se studiano all'estero. Credo che si fossero stufate di uscire con me perché ne avevo sempre una. Ero pesante come il piombo. Ci sono arrivata solo qualche anno fa: meglio far finta di niente, distrarsi, arrangiarsi da soli. Tanto, se soffri, gli altri che ci possono fare?

– Ti va di venire a mangiare da noi? Prendiamo la pizza da Pocodopo, – dicevo a Tania. Poi però non le facevo mai un invito preciso perché mi vergognavo di mia mamma cosí petulante con le sue domande e i suoi confronti ossessivi tra me e gli altri, e mi vergognavo anche di Manuel che non si sforzava di spiccicare mezza parola. Chi sta male crede sempre di potersene fregare di tutti e di non dover mai dire grazie.

Al pomeriggio andavo a fare un po' di spesa al market e preparavo la cena, Manuel appena rientrava dall'ospedale aveva fame. Le sue giornate finivano presto e vederlo addormentarsi quando fuori c'era ancora luce mi faceva tornare in mente il periodo in cui vivevamo insieme nello studentato e restavamo fino a notte a parlare.

La sera mettevo il piatto davanti a mamma e a Manuel e li lasciavo mangiare da soli. A volte mi sentivo una cameriera, altre mi dicevo che ero un'egoista a pensare cosí.

«Vado da Tania!» oppure «Esco a fare due passi!» Cosí annunciavo sulla porta, ma non era la verità.

Volevo che la sapessero tutta in una volta, la verità.

Mamma e Manuel sono tornati a Rădeni a fine luglio. Li ho raggiunti qualche giorno dopo, il tempo di fare le pulizie e prendermi una serata a casa per conto mio. Ho bisogno di salutare i posti, di starli a guardare un'ultima volta in silenzio, anche se il mio silenzio non ha mai niente a che fare con la quiete.

Sono passata da Tania a bere il caffè, cosí ho salutato anche lo studentato. Non che fosse un gran posto, anzi era abbastanza squallido, ma ci avevo passato dei momenti importanti. Scendendo le scale ho ripensato a quando studiavo sul letto e a quando avevo dormito in camera con un ragazzo che abitava al piano di sopra. E ho ripensato al giorno in cui quel matto di mio fratello si è presentato alla porta e a quella sera che siamo andati al pub e lui non aveva ancora la faccia sgomenta di chi ha visto la morte negli occhi. Se fino a oggi non ho mai lavorato è perché pagava tutto mamma. Se ho fatto il liceo internazionale, se ho vissuto in città come i figli delle famiglie ricche, se mi sono laureata, è solo per quello che ha fatto mamma. Adesso con gli studi e con quella vita ho chiuso: dovrò darmi da fare e cavarmela da sola. Tocca a me.

Manuel camminava senza stampella, ha fatto piú miglioramenti in pochi giorni a Rădeni che in due mesi di day hospital. La mattina passeggiava con mamma, oppure andava a trovare nonna Rosa, che appena lo vedeva gli preparava l'uovo sbattuto con lo zucchero.

– Bevilo che ti irrobustisce! – gli ordinava.

Faceva passeggiate anche con lei, arrivavano alla soglia del bosco e ai primi faggi tornavano indietro. Dopo la morte di nonno Mihai, Manuel la andava a trovare tutti i pomeriggi: – Mi prenderò cura io della nonna.

Sono arrivata con Radu una domenica mattina, mamma e Manuel erano al piano di sopra. Li ho chiamati a voce alta e si sono affacciati alla finestra, Manuel sventolava una cazzuola.

– Mi chiamo Radu, – ha detto allungando la mano prima a lei e poi a lui.

– Buongiorno, entrate, – ha risposto mamma impacciata, pulendosi le mani sul vestito e facendo cadere le scaglie dei calcinacci.

Manuel era di buon umore e, anche se si schiariva la gola di continuo, la sua voce iniziava a rassomigliare a quella di prima. – Mi piace stare di sopra, prima o poi sistemerò tutto, – ha detto con quella faccia assorta che dovevo ancora abituarmi a decifrare.

– Ti ricordi che volevi aprire un bed and breakfast? – gli ho chiesto sorridendo.

– Mica ho cambiato idea! Se mettiamo insieme la nostra casa con quella della nonna vengono fuori una decina di stanze.

– E secondo te chi verrebbe in vacanza qui? – gli ha domandato mamma.

– Io ci verrei, – ha risposto indispettito. – Dalla finestra si vedono i girasoli, di là il bosco. Passerei piú volentieri le vacanze in un posto cosí che sul Mar Nero come fanno tutti.

– Radu è ingegnere, sai? Potrebbe darti delle dritte, – ho detto tanto per rompere il ghiaccio. Poi mi sono fatta coraggio, ho spento la tv che ronzava in sottofondo e li ho guardati: – Io e Radu siamo fidanzati da quasi due anni, volevo farvelo conoscere.

A mamma brillavano gli occhi. Manuel ci osservava sorridendo, ma se incrociava il mio sguardo girava la testa. Radu ha tirato fuori un vassoio con una torta di mele e mamma ha aperto una bottiglia di vino dolce. Ha ripetuto che era contenta per noi e che avrei dovuto avvisarla, almeno si sarebbe messa un vestito decente.

Radu le ha raccontato della sua famiglia, che abita a Iași, mentre i nonni a Dancu, fuori città. La madre lavora in un'azienda di spedizioni e il padre è maresciallo. Io gongolavo a sentire la sua parlantina spedita e vivace, gli guardavo la camicia bianca, i capelli neri e lisci tra cui si passava di continuo la mano. Ho avuto qualche storia prima di Radu, ma rispetto a lui gli altri mi sembravano baci dati tanto per darli.

– Come vi siete conosciuti? – ci ha chiesto mamma.

– In mensa all'università, – ha risposto Radu sorridendo.

– Lui si è seduto al mio tavolo perché gli altri erano tutti occupati, – ho continuato io. – Facevamo entrambi delle smorfie perché la minestra di lenticchie era disgustosa, cosí mi ha proposto di mangiarci un hot dog da un baracchino per strada. E dopo il panino ha voluto offrirmi il caffè al bar.

– E al bar ci siamo restati sei ore! – ha aggiunto Radu.

– Già... Siamo usciti da lí dentro che ci conoscevamo benissimo.

Radu, fino al momento prima di entrare in casa, mi aveva pregato di dare le notizie poco per volta, ma come al solito ho fatto di testa mia. Cosí dopo che abbiamo pranzato e chiacchierato delle vacanze a Vama Veche e di com'è Milano, di come mamma cucina l'arrosto e di come la nonna di Radu prepara il pasticcio di uova, ho guardato mamma: – Non so come altro dirtelo, e se non è il modo migliore perdonami.

– Sei incinta? – ha chiesto scattando sulla sedia, il collo in avanti come un cigno.

Io e Radu siamo scoppiati a ridere, facendo a ripetizione no con la testa e agitando le mani per schermirci.

– Secondo me si sposano, – è intervenuto Manuel.

Abbiamo sgranato gli occhi verso di lui e mamma mi ha guardata dritta in faccia.

– Davvero? – ha chiesto cupa in viso.

– Sí, il venti settembre! – ho detto entusiasta. È calato il silenzio e tutti e tre la osservavamo. Ma io ormai non potevo piú fermarmi: – Radu comincerà uno stage a Berlino, ci trasferiremo subito dopo il matrimonio.

Allora mamma si è alzata e se n'è andata fuori a fumare. È tornata con una faccia scura, le labbra rigide: – Perché tanta fretta?

– Perché è una bellissima occasione.

– Potresti raggiungerlo in un secondo momento, – ha detto guardando solo me.

– No, non voglio sposarmi per restare da sola, – ho ribattuto prendendo la mano di Radu.

– Allora sposatevi piú avanti.

– Ci sposeremo il venti settembre, – ho dichiarato senza ammettere altre repliche.

Radu se ne stava con gli occhi bassi a guardare il piatto mentre mamma puliva la cucina. Ha cercato di raccontarle in cosa consisteva il suo stage, lo studio edile presso cui avrebbe lavorato gli aveva fatto un contratto che comprendeva l'affitto di un monolocale a Kreuzberg, un quartiere giovane, pieno di locali e di negozi.

– Ci stringeremo un po', ma staremo comodi, – ha detto con un sorriso formale.

Mamma non gli dava retta, se ne stava girata di spalle ad aspettare che uscisse il caffè.

– E tu resterai in casa a fare la calzetta mentre tuo marito va in studio? – ha chiesto sputando le parole con rabbia.

Quando parlava cosí la detestavo. Mi veniva voglia di andarmene di notte come aveva fatto lei.

Sono uscita ad accompagnare Radu, il vento sbiadiva il cielo e la polvere dei cortili galleggiava nell'aria. Prima di riprendere la macchina abbiamo fatto due passi verso la chiesa di legno e poi siamo andati vicino ai girasoli, tutti spalancati verso quell'azzurro senza nuvole.

– Sai cosa mi è mancato? Fare l'amore in questi campi. Alle mie amiche è capitato.

– A ognuno è mancato qualcosa, – ha detto lui senza dare importanza alle mie parole.

Invece io volevo che mi prendesse la mano e mi ci portasse. Cosí, tanto per fare quello che avevano fatto le altre.

Radu ha ripetuto che con mia madre avevo esagerato: – E poi potevate parlarne senza di me, mi hai messo a disagio.

– Mi dispiace, ma non sapevo come altro fare, Berlino me la sogno di notte e qui non ci voglio piú stare. Sono stufa di fare da balia a quei due.

– Se le confidassi come ti senti non andresti via sbattendo la porta.

– Non servirebbe, – ho risposto scuotendo la testa. – E poi ti pare che lei abbia fatto diversamente? È partita per l'Italia senza neanche domandarmi se ero pronta a occuparmi di tutto, – ho continuato prendendogli il braccio. – Sai cosa penso? Che mio padre avrà pure tutti i difetti di questo mondo ma è l'unico della famiglia che non se n'è mai approfittato –. Abbiamo camminato fino alla macchina, e siccome Radu non diceva una parola gli ho chiesto: – Di' la verità, ti sei pentito di sposarmi…

Allora lui è scoppiato a ridere e ha cercato di farmi il solletico sui fianchi.

Manuel era in camera sua che ascoltava la radio, mamma se ne stava impalata davanti alla tv senza guardarla.

– Perché? – ha chiesto appena sono rientrata.

– Perché cosa?

– Hai capito benissimo, perché fai cosí.

– Cosí come?

– Smettila di esasperarmi e rispondi!

Dalla finestra entrava l'odore dolciastro delle stalle e gli schiamazzi dei bimbi dei vicini. Mi sono accesa una sigaretta e mi è venuta nostalgia di quando fumavamo assieme nel cortile dell'ospedale. Le foglie bagnate sotto le scarpe, le cime delle querce che coprivano i reparti illuminati dalla luce fredda dei neon e quella animalesca necessità di resistere che oscurava le differenze incancellabili che ci sono tra noi.

– Ascolta, mamma, – le ho detto con calma. – Ho aspettato che tornassi dall'Italia, ho atteso il risveglio di Manuel e la fine della sua riabilitazione. Ho aspettato che rientrassimo a Rădeni, e se avessi qualche speranza che tornasse papà mi sforzerei di aspettare anche lui. Però adesso basta, non voglio piú sentirmi cosí.

– Ma sentirti come, si può sapere? – mi ha aggredita con voce gelida.

– Invisibile –. Lei ha accigliato il viso e mi ha guardata con occhi duri e straniti. – Non fare quella faccia, – ho aggiunto. – Qualcuno mi vede? Qualcuno si accorge di me?

– In famiglia ognuno fa la sua parte, – mi ha interrotta incrociando le braccia sotto il seno.

– Tu la tua parte l'hai scelta, a me l'hai assegnata senza interpellarmi.

– Io ho sgobbato duro, ragazza, e pensavo fossi sufficientemente forte per darmi una mano.

– Va bene, allora mettiamola cosí: io non so se sono forte, ma in ogni caso adesso non ho piú voglia di esserlo –.

Mamma guardava per terra e sono sicura che ascoltava i suoi pensieri, non le mie parole. – Ti sono grata di avermi fatto studiare, ma non mi è piaciuto vivere cosí. Ho tribolato per Manuel a cui non riuscivo a stare dietro e mi dispiace per papà di cui non ti preoccupi piú.

– Se n'è andato lui, nessuno l'ha buttato fuori di casa, – ha risposto. – Mi ha presa per il culo e si è portato via i miei soldi, non è vero?

– Sí.

– Ci farebbero comodo per pagare le medicine di tuo fratello. Ci farebbero comodo per il tuo matrimonio. Invece non avrò niente da darti perché non so dove andarli a prendere. Chi pagherà le visite di Manuel? E se in Germania avrai bisogno di qualcosa, andrai da tuo padre? Avanti, rispondi, sbaglio a cercare di considerare queste cose?

– Non sbagli.

– Allora si può sapere cosa mi stai rimproverando?

– Potevi almeno portare Manuel con te.

– Angelica, ma lo sai che lavoro facevo? Lo sai in quali case ho abitato? Io non ho avuto case, ho avuto camerette. Non sono mai riuscita a prendermi un monolocale in affitto, vi mandavo lo stipendio intero, mi tenevo i soldi per le sigarette e poco altro, – ha ribattuto stringendo i denti. – Mi rimproveri di averti rovesciato addosso molti compiti, ed è vero. Ti avrei risparmiato tante fatiche volentieri, ma questo è il lavoro che si trova, questo è il paese dove siamo nati e questo è il tempo in cui ci tocca vivere, non l'ho scelto io e non l'hai scelto tu. A volte parli come se fossi la figlia del re.

– Io non ti riconosco, – le ho detto.

Lei ha strabuzzato gli occhi e chiuso i pugni, poi ha allentato i muscoli del viso e riaperto i palmi: – Neanch'io ti riconosco.

– Sei cosí ispida, potresti essere piú affettuosa.

– Affettuosa... – ha ripetuto con un filo di voce. – Certe volte l'amore mi sembra un lusso.

– Che vuoi dire?

– Non lo so come si fa a essere amorevoli se non si hanno i soldi per quello che serve.

Avevo di nuovo voglia di fumare, ma mi sono trattenuta. Dal nervoso stringevo la sedia con le mani.

– Nessuno ci restituirà il tempo vissuto altrove, lo sai?

– Eccome se lo so.

Siamo rimaste in silenzio per un po'. Mamma si guardava le mani, io tiravo occhiate fuori dalla finestra.

– Allora facciamo cosí, – ho ripreso con un tono piú conciliante. – Lasciamo stare le ragioni, tanto non ne usciamo. Però la novità è questa: voglio costruirmi una vita, e per farlo ho bisogno di andarmene lontano da qui perché mi hanno stufato questa casa e questo posto, mi hai stufato tu, papà e mi ha stufato mio fratello!

– Non parlare cosí di Manuel!

– Ne parlo come voglio, invece! Gli auguro tutta la felicità possibile ma mi ha tolto la pelle di dosso. Ho bisogno di stargli lontano per tornare a volergli bene.

Mamma è andata a chiudere la finestra e si è accesa una sigaretta. – Sarò anche la madre peggiore del mondo, ma ti ho fatto studiare.

– Vedi che non ascolti? Ti ho detto che te ne sono grata! È merito tuo se ho una laurea, se non sono dovuta andare a lavorare e se ho incontrato Radu. Vuoi che te lo scriva col sangue?

– E allora perché mi odi?

– Non ti odio affatto, voglio solo andarmene via. Qui mi sento vecchia.

– Ma staremo ancora lontani!

– Non è colpa mia, mamma.

– Sono partita perché un giorno potessimo stare di nuovo tutti insieme...

– Non è colpa mia, – ho ripetuto.

Mamma si è messa a camminare per il corridoio parlando da sola, a voce cosí bassa che le parole erano un mor-

morio incomprensibile. – Vi spedivo di continuo pacchi e pacchetti, tenevo d'occhio gli sconti per comprarvi vestiti, vi facevo ricariche al cellulare... La sera vi telefonavo e mi liquidavate in tre minuti, tornavo a Rădeni e la casa era una stalla, tutto fuori posto e io ancora piú fuori posto!

La inseguivo pregandola di smettere di farneticare, ma lei andava avanti imperterrita a dire qualsiasi cosa le passasse per la mente. Allora l'ho afferrata per un braccio, le ho appoggiato la mano sul viso e l'ho portata sulla soglia della camera. Manuel dormiva con la radio accesa. L'ho spenta mentre lei è andata ad accostare le persiane. Fuori il cielo era rosa e le nuvole lunghe e striate, sulla strada di ghiaia due cani si rincorrevano. Volevo dirle che mi sembrava malata e che doveva curarsi i nervi, ma non ce l'ho fatta.

– Preparo la cena? – mi ha chiesto.

– Come vuoi.

– Ti cucino un'omelette?

– Solo se mangi anche tu.

In frigo c'era una bottiglia di vino bianco. Mentre lei rompeva le uova nella scodella l'ho aperta e ho versato il primo bicchiere per lei. Mamma l'ha bevuto d'un fiato e se n'è riempito subito un altro.

A un certo punto ha smesso di masticare e guardando il vuoto ha detto: – Forse è giusto cosí.

Mi sono fermata a guardarla: – Sai una cosa? Una volta Radu mi ha detto: se non capisci tua madre è perché lei ti ha permesso di diventare una donna diversa.

Lei ha alzato la testa e mi ha scrutato come faceva nonno Mihai, poi ha fatto un sorriso incerto e ha ripreso a mangiare.

Dopo l'omelette abbiamo bevuto ancora un bicchiere di vino e poi abbiamo messo in tavola le ciliegie che ci aveva regalato Mario. Le pescavamo con le dita da una zuppiera colma d'acqua fresca. Mamma, da quella donna pratica che è, mi ha chiesto che cerimonia avevo in mente, che festa volevo fare e di quanti soldi avevo bisogno.

– Te l'ho già detto, non voglio soldi.

– Se avessi aspettato avrei trovato un modo.

– Non ricominciare, per favore.

– Va bene, dimmi come ti vuoi organizzare.

– Non vogliamo fare una grande cerimonia, né chissà quali banchetti. Non voglio il vestito bianco, non voglio i musicisti, né un pranzo di quelli che non finiscono mai.

– Fai prima a non festeggiare, – mi ha detto versandosi altro vino.

– A me non importa fare le cose secondo la tradizione, mi sono rotta della gente che ostenta ricchezza quando ha le pezze al culo. Io voglio farmi andare bene la vita che ho, non voglio tribolare per avere piú soldi, per ristrutturare la casa, per comprare i vestiti che vanno di moda, per andare in quella scuola privata se non posso permettermelo.

– Stai dicendo che io sono cosí?

– Sí mamma, sei cosí, – le ho risposto sollevando il mento per guardarla in faccia. – Una volta il nonno ha detto che se ti lavi e indossi dei vestiti puliti non puoi essere povero. Sei povero se rincorri quello che vogliono tutti.

– Angelica, non venirmi a fare la morale, ti sto solo dicendo che due persone si sposano quando hanno il necessario per farlo. Anche tuo nonno ha fatto cosí.

– No, due persone si sposano quando hanno voglia di sposarsi.

– Quindi cosa farai, un caffè al bar della stazione?

– Ci saranno le nostre famiglie e un po' di amici. Pranzeremo a Iași, al Panoramic. Sarà il regalo dei genitori di Radu.

– E io cosa vi posso regalare?

– Niente.

– Farete un viaggio?

– Te l'ho detto, partiremo subito per Berlino, in modo da ambientarci un po' prima che Radu inizi lo stage.

Ha chinato la testa nel piatto, poi d'improvviso le si è allargato sulla bocca un sorriso strano.

– Vuoi sapere una cosa anche tu? – ha detto rialzandola. – L'unico uomo con cui sono uscita in Italia si chiamava Matteo, faceva il pediatra. Era un tipo a modo e aveva la stessa voce gentile del tuo Radu, – ha concluso pescando un paio di ciliegie dalla zuppiera. – Chissà che fine ha fatto.

Un giorno io e Manuel abbiamo passeggiato fino al lago e sulla riva mi ha detto che gli mancava nonno Mihai.

– Se fosse ancora vivo oggi ci saremmo seduti qui con le canne da pesca aspettando di prendere qualche trota, – ha detto sfregando fili d'erba tra le mani. – Voi invece non fate che chiedermi perché non parlo, perché non esco, perché non telefono a questo o a quell'altro... – ha sbuffato lanciando l'erba nell'acqua.

– Parli poco, ci fai preoccupare. Prima non stavi zitto un secondo.

– Ma se tu non mi hai neanche detto che eri fidanzata.

– Che c'entra?

– Non parlo perché non so cosa dire.

– Alzati, – gli ho ordinato.

Manuel mi ha guardata stranito, e prima che protestasse gli ho preso le braccia e gliele ho fatte ruotare come faceva la fisioterapista.

– Ho voglia di farmi una nuotata, quando te la senti andiamo in piscina? Il dottor Petran dice che ti farebbe bene.

– Ok, – ha risposto con una faccia senza espressione.

Gli ho massaggiato le spalle e lui ha lasciato andare la testa all'indietro strizzando gli occhi per non farsi accecare dal sole. Poi ci siamo seduti di nuovo sulla riva a gambe incrociate e abbiamo guardato le onde placide del lago che morivano sull'erba. Sull'acqua riverberava la luce.

– E adesso parliamo seriamente: cosa mi regali per il matrimonio?

– Niente.

– Dài, non fare il taccagno.

– Allora dimmi cosa vorresti.

– Perché non mi aiuti a scrivere le partecipazioni? Non voglio farle stampare, spendo soldi e vengono male, sembrano le ricette del medico.

– Però mi dici tu cosa scrivere, io ricopio e basta.

– Va bene, – ho risposto accendendomi una sigaretta. Lui mi ha guardata drizzando la schiena. – Non ci provare... Se ti vedo fumare giuro che ti meno!

– Su, Angi, fammi fare due tiri.

– Non se ne parla.

– Guarda che non sei mia madre.

– Grazie a Dio.

– Dài, solo due tiri!

– Ho detto di no!

Manuel ha cercato di strapparmela di mano e io per non fargliela prendere l'ho tirata in acqua. L'abbiamo guardata galleggiare sulla corrente come fosse una canoa. Siamo rimasti in silenzio per un po', poi ho ripreso: – C'è un'altra cosa che potresti fare.

– Sentiamo quest'altra cosa, – ha detto annoiato.

– Mi piacerebbe che al matrimonio ci fosse papà.

Manuel a quelle parole ha ciondolato la testa e sulla nuca gli ho visto quel tratto di pelle dove non gli crescono piú i capelli. Il dottore aveva detto che era un'alopecia da stress, gli era venuta poco dopo che mamma era partita.

– Chissà dov'è quello lí, – ha mormorato frugando con la mano nella terra.

– Fa il camionista, ogni giorno va in un posto diverso.

– Moma non lo vorrebbe al matrimonio, lo sai?

– È il mio matrimonio, non il suo.

Ha annuito senza distogliere gli occhi dal lago. – Ti ricordi a Vama Veche? Ci faceva un sacco di scherzi...

– Sí, – ho risposto ridendo. – Mi addormentavo sul telo, lui arrivava quatto quatto, mi caricava in spalla come un sacco di patate e mi lanciava nel mare. Facevamo dei bagni lunghissimi.

– Secondo te torneranno assieme?

– Io mi accontenterei di vederli assieme al mio matrimonio.

– Quando eravamo piccoli erano una bella coppia.

– Altroché, io ero innamorata del loro amore.

– Dài Angi, chiamalo, magari risponde!

L'ho guardato negli occhi, Manuel ha ripetuto quella frase tutto entusiasta e allora mi sono fatta coraggio. Ho chiamato tre volte, ma papà non ha risposto.

– Avanti, prova tu, – gli ho detto, e quando ha telefonato è partita la segreteria.

– Ciao papà, sono Manuel, come va? Io bene, cioè sono tornato a casa. Comunque pian piano andrà meglio. Tu come te la passi? Adesso sono al lago con Angelica che ti deve dire una cosa, ascolta un po'.

Mi sono ritrovata il suo cellulare in mano e cosí ho balbettato: – Papà ciao, perché non rispondi mai? Volevo dirti che il venti settembre mi sposo. Io e Radu, il mio fidanzato, festeggeremo con un pranzo, perché non vieni anche tu?

Siamo rimasti ancora a guardare il lago. Si era alzato un po' di vento che increspava l'acqua, finalmente si respirava.

– Peccato che non ero sveglio quando è passato a trovarmi in ospedale, – ha detto Manuel battendosi le mani sui jeans per far cadere i fili d'erba.

– Dormiglione! – gli ho gridato aiutandolo a tirarsi su.

Siamo rientrati verso le sei. Mentre costeggiavamo il bosco il cielo si è annuvolato ed è diventato bluastro. Una lepre è sfrecciata tra gli alberi e Manuel ha esclamato: – Guarda Angi!

Camminavamo lentamente. – Questo paese è bello, – ha detto dopo un po'. – Ci sono le lepri, il lago... Perché la gente se ne va?

– Perché non c'è lavoro.
– Magari non sarà sempre cosí.
– Quando andrai all'università starà stretto anche a te.
– Io non voglio fare l'università, non ci penso proprio! – ha detto stizzito. – Fosse per me non tornerei neanche a scuola.
– E cosa vorresti fare?
– Voglio stare nell'orto del nonno, comprare i semi al mercato e piantare i pomodori. Voglio curare il ciliegio e appena starò meglio sistemare la mansarda.
– Pianterai pomodori per tutta la vita?
– Che c'è di male?
– Be', finisci prima il liceo.
Manuel voleva camminare ancora, cosí siamo arrivati alla segheria e sulla strada di pietra dove ci sono sempre mucchi di rottami. Siamo passati sotto il ponte di legno fino ad arrivare ai cipressi polverosi del cimitero. Guardavamo le case: ogni due o tre abitazioni ce n'era una vuota, con le tapparelle abbassate da mesi. Qualcuna era stata rimessa a nuovo, altre, come la nostra, abbandonate alle intemperie, altre ancora diventate case di campagna dei vecchi abitanti di Rădeni finiti ormai in qualche città lontana.
Su una veranda pitturata di blu c'era Damian, quella era la casa dei suoi zii. Lo abbiamo salutato e lui ha alzato la testa.
– Perché non sei piú uscito con i ragazzi delle case qui attorno? È consolante sapere che c'è altra gente sulla stessa barca, no?
Manuel si è stretto nelle spalle e ha abbassato le labbra: – A me non consola granché. E poi con Damian ci giocavo, ma era diventata una gara a chi ha la madre che spedisce piú cose.
– Sai, – gli ho confessato sorridendo. – A scuola cercavo di tenere nascosto che mamma lavorava in Italia.
– Scommetto che ti chiedevano quanto guadagna, quanto siete diventati ricchi, quanti vestiti ti manda…

– Esatto. All'università invece era diverso, con le ragazze scattava piú solidarietà. Magari succederà anche a te.

– Io non farò l'università, te l'ho già detto. E non ho bisogno di parlare di Moma.

– Sei arrabbiato con lei?

– Credo di no, – ha risposto confuso raschiando la voce.

Si è messo a piovere che eravamo in piazza. Ci siamo fermati a comprare il pane e le ragazze del negozio appena hanno visto Manuel gli hanno fatto un mucchio di feste, una gli ha lasciato sulla guancia lo stampo del rossetto, l'altra gli ha rovesciato tra le mani una manciata di biscotti alle noci.

Diluviava e fuori dal negozio mi sono messa a correre, Manuel d'istinto ha fatto lo stesso. Dopo pochi passi si è fermato, la schiena piegata e la mano stretta sulla spalla. Sono tornata indietro e mi sono inginocchiata per cercare di guardarlo in faccia.

– Scusa, sono una cogliona, non ci ho pensato, – ho detto cercando i suoi occhi.

– Non riesco piú a correre, Angi.

– Datti tempo, ne sei uscito da poco.

– Quando mi addormento ho paura di non risvegliarmi.

– Dovresti prendere quelle gocce che ti hanno dato in ospedale, ti aiuterebbero, – ho detto accarezzandogli i capelli bagnati.

L'ho lasciato piangere sotto il temporale, e solo quando se l'è sentita abbiamo ripreso a camminare. Lentamente e senza badare alle pozzanghere dentro cui si rifletteva una luce sporca. Mi sono vergognata di provare rabbia per lui ma sentivo che quella rabbia era vera, ce l'avevo nelle ossa.

Siamo passati dietro l'orto per non farci vedere da nonna Rosa. Adesso sta dalla mattina alla sera su una vecchia seggiola di paglia, si mette sotto la finestra a mondare le lenticchie o a cucire maglioni coi ferri sotto le ascelle. Non si capisce se quei maglioni poi li regala o li vende a qualcuno. Se mette piede fuori è solo per passeggiare con Manuel.

L'orto dei nonni è recintato con un muretto di pietre a secco, Manuel si è voluto fermare lí e ci ha appoggiato i gomiti. Si è messo a guardare le piante di zucchine, i cespi di lattuga che si bevevano la pioggia, la siepe di albaspina.

– Mi manca andare nell'orto.

– Appena starai meglio potrai tornarci.

– Quelle zucchine le ho seminate io, hai visto come sono cresciute?

– Senti, posso chiederti una cosa? – gli ho detto mettendo le braccia nel suo stesso modo. – Se non te la chiedo adesso poi non lo faccio piú.

Manuel fissava l'orto ed era perso nei suoi pensieri: – Se almeno il nonno non fosse morto… – ha detto gonfiando il petto. – Quando gli confidavo qualcosa non reagiva come voi. Diceva «magari si può fare».

Siamo rimasti fermi accanto al ciliegio, la pioggia lentamente diminuiva. Eravamo zuppi e coi capelli appiccicati alla fronte. Manuel si è staccato dal muretto e ha ripreso la strada.

– Cosa volevi chiedermi? – ha detto sotto il pergolato di casa.

Mi sono fermata a guardarlo, la t-shirt bagnata metteva in mostra la sua magrezza.

– Allora? Muoviti, devo andare a cambiarmi.

– Mi dispiace di aver litigato con te quella mattina, ero nervosa. Scusami.

– Ok, ma cosa volevi chiedermi?

– Quell'incidente, – ho detto sforzandomi di guardarlo in faccia. – Volevi farlo o è successo per sbaglio?

Sul suo viso si è disegnata un'espressione strana, che non gli avevo mai visto. Per un momento mi ha fatto paura.

– Non me lo ricordo, – ha detto prima di lasciarmi sulla porta.

Papà ha risposto il giorno dopo con un messaggio vocale: «Abito vicino a San Pietroburgo, adesso faccio il muratore, costruisco grattacieli. Ho trovato lavoro in un cantiere dove siamo tutti rumeni. Bumba, sbrigati a progettare un palazzo cosí vengo a lavorarci e posso dire a tutti che il capo è mia figlia, – ha detto ridendo. – Comunque brava che ti sposi, se riesco passo a trovarti, anche se non credo che tua madre abbia voglia di vedermi. Se invece non riesco a passare ti penserò dalle impalcature e ti spedirò un regalo».

Non si sarebbe mai presentato, è chiaro, ma almeno mi chiamava ancora cosí. Bumba sostituisce qualsiasi complimento, qualunque possibile vezzeggiativo. Papà non mi ha mai detto principessa o quanto sei bella, mi ha sempre detto bumba. Stava a me riempire la parola del senso piú opportuno, e finché ero bambina capivo al volo cosa volesse dire.

Mamma mi ha chiesto di invitare i genitori di Radu e di far capitare in fretta l'occasione visto che volevo fare tutto con quella furia. Cosí una domenica mattina sono passati. Sono andati prima a sentire la messa nella chiesa di legno e poi si sono presentati. Il sabato avevamo tirato a lucido la casa e mamma aveva preparato la torta allo yogurt che poi ha servito insieme al caffè. Lo abbiamo bevuto fuori, dove finalmente avevamo rimesso il tavolo di legno e le sedie di plastica. Un tempo sotto il pergolato ci passavamo tutte le sere d'estate. Papà, insieme a nonno Mihai e a Mario, grigliava le salsicce e le verdure dell'orto invitando chi passava di là a fermarsi per un boccone.

I genitori di Radu hanno fatto capire a mamma quanto mi consideravano di famiglia, il padre ripeteva che suo figlio da quando si era fidanzato era diventato ordinato e studioso.

– Angelica invece mi dà ancora filo da torcere, – ha detto mamma scherzando.

– Ma perché non vi sposate a Rădeni al posto che a Iași? – se n'è uscita la madre di Radu. – Quel prete è giovane e dice cose da restare a bocca aperta, non le solite banalità.

– C'è un organo barocco in quella chiesa che fa un suono che ti rapisce, – ha detto ammirato il padre.

A mamma si è illuminato il viso e subito ha rincarato: – E perché al posto che andare al ristorante, visto che saremo soltanto una ventina, non pranziamo qui sotto il pergolato? Voi risparmiate, e io e la nonna vi faremo un banchetto da ricordare. Sarà il nostro regalo!

– Per me è una buona idea, – è intervenuto ancora il padre di Radu. – Noi il ristorante ve lo abbiamo promesso, ma nel caso decidiate diversamente quei soldi potranno farvi comodo a Berlino.

– Anche per me è una buona idea, – se n'è uscito Radu senza chiedermi un parere. – Io sono d'accordo, – ha concluso deciso.

Mamma è andata ad aprire una bottiglia di grappa, ha tirato fuori i portabicchieri d'argento e ha brindato al nostro matrimonio. Io ero incredula e mi mordevo le labbra tra i denti. Volevo andarmene in stanza da Manuel, invece anche lui è tornato fuori, contento com'era che facessimo la festa a casa.

Dopo che tutti se ne sono andati ha detto: – Mettila cosí, per me stare qui è molto meno stancante. Pensa che l'hai fatto per tuo fratello.

– Di cose per mio fratello mi pare di averne già fatte abbastanza, – gli ho risposto chiudendomi in bagno.

Anche il prete ha detto di sí, il venti settembre non si sposava nessuno e non erano previste altre funzioni. Le nostre madri si sono accordate sul menu e le rispettive nonne erano pronte a infilarsi il grembiule per impastare pane e dolci. Per gli amici arrivare a Rădeni non era un problema, e non lo era neanche per Petru Popa e per un paio di compagni di classe di Manuel che avevo rintracciato su internet. Insomma, intoppi non ce n'erano, l'unica ammusonita ero io e non mi restava che farmela passare. Cosí la settimana dopo, lo stesso giorno che Manuel aveva l'ultima seduta di fisioterapia, siamo andati a Iași a comprare il vestito. I soldi per quel tailleur color perla preso in una boutique vicino alla Casa della Cultura credo che fossero gli ultimi risparmi di mamma.

– Siamo punto e daccapo –. Questa frase la ripeteva in continuazione.

Il dottor Petran, dopo la fisioterapia e la visita neurologica, ci ha ricevuto nel suo studio e ha parlato con Manuel. Gli ha chiesto come si sentiva, e a scoprire che non faceva altro che passeggiare gli ha detto bravo.

– L'ozio è sempre la cura migliore! – ha concluso ridendo.

Abbiamo chiacchierato di come stavamo e lui ci ha raccontato dei suoi nipoti e delle vacanze in montagna da cui era appena rientrato.

– Dov'è la sala rianimazione? – ha domandato Manuel.

– In fondo al corridoio, – ha risposto sorpreso il dottore. – Vuoi vederla?

– Sí, mi piacerebbe.

Il dottor Petran gli ha spiegato che difficilmente avrebbe recuperato l'uso della spalla, in futuro avrebbe valutato se fare una certificazione di invalidità. Per il resto tutto stava facendo il suo corso e dopo le vacanze di Natale Manuel avrebbe potuto riprendere la scuola.

– Magari all'inizio potrai fare un orario ridotto, – ha concluso ragionando ad alta voce. – Che scuola farai?

– Vorrei andare all'istituto agrario.

Poi il dottore si è alzato e l'ha portato dove voleva. Io e mamma abbiamo aspettato in studio. Abbiamo rivisto le fotografie appese alle pareti e mamma ha detto che il dottore era proprio un bell'uomo. Poi si è affacciata alla finestra per rivedere le querce che aveva fissato tutti quei giorni in cui Manuel era in coma. Se ne stava girata di schiena, come se per nascondere la sofferenza bastasse dare le spalle.

Quei due non arrivavano, allora le ho chiesto se le andava di fumarci una sigaretta.

– In cortile?

– Sí, sulla nostra panchina.

– E se tornano?

Ho preso un foglio dalla stampante del dottor Petran, una penna dal barattolo sulla scrivania e ho scritto: *Andiamo in cortile*.

Siamo uscite dalla porta in ferro, abbiamo aspettato l'ascensore e attraversato i padiglioni. Abbiamo percorso lentamente i corridoi, come se dovessimo imprimerli un'ultima volta nella nostra memoria. In cortile non c'era la pioggia sottile di quelle settimane, ma un sole tiepido che scaldava la pelle. Ci siamo sedute sulla panchina e ci siamo guardate in giro. Mamma ha ripetuto per la millesima volta che avevo fatto bene a prendere un vestito senza lustrini e ricami. Io l'ho lasciata parlare, poi, prima di risalire, le ho domandato: – Un giorno glielo chiederai se è stato un incidente?

Lei ha guardato in alto fino al tetto, dove c'è la stanza del sonno, poi ha scrollato la testa.

– No, Angelica, non penso che glielo chiederò. Siamo qui, mi basta, – e ha spento la sigaretta sotto il legno della panchina. – Devo solo trovare un modo per guadagnarmi da vivere e non fargli mancare niente, ma la verità non m'interessa. Anzi, sai una cosa? Non m'interessa il passato. Se la memoria fosse un tocco di legno lo butterei nel fuoco. Starei a guardarlo bruciare fino alla cenere.

Al mattino sembrava che dovesse piovere e io, all'idea che il pranzo all'aperto si sarebbe trasformato in un imbarazzante buffet in piedi pigiati nella nostra sala, stavo per avere una crisi di nervi. Avevo dormito dalla nonna con Natalia e Tania, che si era da poco laureata in Medicina col massimo dei voti. Siamo rimaste tutta la notte sedute sul letto a parlare, ogni tanto uscivamo fuori dalla porta per fumare una sigaretta. In quell'oretta che mi sono appisolata ho fatto un sogno: sono bambina e gioco a inseguire mio padre. Lo rincorro talmente veloce che a un certo punto il fiocco nei capelli che mi ha fatto mamma si scioglie e vola via. Io continuo a correre a perdifiato, e quando finalmente mi accorgo di averlo perso mi dispero rifiutando i suoi abbracci. «Bumba, non è colpa mia», mi ripete ossessivamente lui.

Alle cinque siamo andate in cucina a prepararci il caffè e abbiamo trovato nonna Rosa che stava glassando i dolci col miele. Aveva già il ferro da stiro caldo per dare un'ultima passata al vestito.

La cerimonia in chiesa è stata lunga e quel prete, a dir la verità, non mi è parso poi cosí originale. I nostri testimoni erano due amici, hanno letto una poesia e il testo di una canzone. Erano venuti anche i bambini dei vicini a cantare e Mario, di fianco all'altare, dirigeva col dito quel piccolo coro.

Il pergolato era irriconoscibile, mamma aveva pulito anche i mattoni e tirato a lucido le piastrelle. Aveva foderato i tavoli con delle tovaglie fiorate che coprivano le sbucciature del legno, ghirlande e foglie di vite scendevano dal soffitto e dondolavano sotto il cielo coperto che c'era quel giorno. Sono arrivata a casa piena di riso nei capelli. Ad accoglierci sulla soglia c'erano le nostre nonne coi fazzoletti colorati in testa. Io baciavo chiunque e bevevo i bicchierini di grappa che il fratello di Radu continuava a riempire prima di proporre brindisi e canti.

Dopo l'aperitivo ci siamo seduti a tavola. Tutti tranne Manuel. Se ne stava sul marciapiede che costeggia il fianco della casa con un piatto di pasticcio di carne e una lattina di Coca-Cola appoggiata per terra. Non era venuto nessuno dei suoi amici di scuola, nemmeno quei due che avevano detto che si sarebbero fatti accompagnare dai genitori. C'era solo Petru Popa, che a stento mi ha salutata con un'alzata di ciglia. Aveva un cappellino nero che si tirava continuamente sulla fronte e anche lui mangiava il pasticcio di carne bevendo Coca-Cola. Guardavano l'orto e l'aia del vicino, con le galline e i conigli che razzolavano, e a turno cambiavano canzone sul cellulare che tenevano a tutto volume appoggiato alle lattine.

– Grazie di essere venuto, – ho detto a Petru.

– Prego, – ha risposto con la bocca piena.

Mamma non ha collegato che il motorino con cui Manuel si era schiantato fosse suo, deve averlo scambiato per un suo compagno di classe.

– Volete qualcos'altro? – ho chiesto.

– Adesso no, – ha risposto Manuel.

– Magari dopo, – ha aggiunto Petru.

Mamma veniva ogni dieci minuti a domandarmi se Manuel stava bene e ripeteva che era contenta che ci fosse un suo amico. Io le davo corda e le aggiustavo il vestito che le scendeva largo sui fianchi. Non c'era ragione che le raccontassi quello che non sapeva. Lo aveva detto anche lei, la memoria è meglio che bruci.

Sono tornata tra gli invitati che avevano fatto cerchio attorno a due ragazzi coi violini. Erano zingari, con la carnagione olivastra, alti e baffuti, i capelli di un nero lucido e il fisico scolpito sotto le camicie bianche e i panciotti aperti. Li aveva chiamati il fratello di Radu. Ci siamo messi a ballare, e a furia di walzer e polche siamo lentamente usciti dal pergolato fino ad arrivare sulla strada di ghiaia. I vicini si sono uniti alle danze sempre piú vorticose, roteavano gonne e volavano sguardi accesi. Soltanto quando l'ultimo degli amici aveva il fiatone gli zingari hanno posato i violini e finalmente è arrivata la torta. Prima di tagliarla io e Radu siamo entrati in casa a darci una sistemata.

– Non ci posso credere, tra poco saremo a Berlino, – ho detto prendendogli le mani mentre lui mi baciava sul collo.

La torta, il papanași e i biscotti al miele erano buonissimi ma non riuscivo a mandare giú nemmeno l'aria, avevo solamente voglia di sciogliermi i capelli, levarmi i fermagli e stare con Radu. Invece mi è toccato ballare fino al tramonto e fare sorrisi mentre guardavo nella macchina fotografica e nelle telecamere dei telefoni. Anche mamma sorrideva, in posa con una mano sul fianco e l'altra appoggiata alla spalla di Manuel. Vorrei avere meno paura dell'amore che mi lega a lei, del destino che potrebbe assomigliare al suo. Vorrei avere meno paura del mio viso che col tempo diventerà sempre piú uguale al suo viso scavato.

Verso le sette la nonna è venuta col fazzoletto in testa a dirmi che rientrava. Non l'ho mai abbracciata cosí forte. A parte quelle brevi passeggiate con Manuel usciva solo per fare un po' di spesa al mercato. Non era venuta neanche una volta in ospedale, né durante la riabilitazione aveva voluto restare con noi a Iași. Nonna Rosa era rinsecchita, con le gote pallide e gli occhi acquosi, ma quel giorno il sorriso non aveva mai lasciato le sue labbra sottili e negli occhi riconoscevo lo stesso sguardo tenace che aveva quando ero bambina. Ho baciato a ripetizione le sue guance, finché lei mi ha scostato dicendo di conservare i baci per mio marito. Subito dopo se ne sono andati i genitori di Radu, con l'altra nonna che da qualche ora se ne stava in disparte vicino all'uscio. Petru ha salutato Manuel con una di quelle mosse da rapper, e in fretta ha raggiunto lo zio che lo era venuto a riprendere in macchina.

Gli amici allora hanno annunciato che ci aspettavano al bar in piazza, si erano portati un cambio e prima di andarsene sono andati a turno in bagno a togliersi la giacca e l'abito per rimettersi jeans e magliette. Io e Radu li avremmo raggiunti per un ultimo bicchiere.

Ci siamo seduti sotto il pergolato, pieno di cicche e bottiglie vuote accatastate negli angoli. Abbiamo fatto spazio sulla tavola impilando i piatti in un angolo e mamma ci ha versato il caffè. Quando si è accesa una sigaretta Manuel le ha chiesto: – Posso fumarne una con voi?

Ci siamo guardate e alla fine mamma gli ha teso il pacchetto. Con una scusa è andata di là ed è tornata con una busta che ha consegnato a Radu. Sopra c'erano i nostri nomi.

– È per voi, – ha detto senza guardarci.

Io non volevo quei soldi ma era inutile insistere. Radu si è alzato e l'ha abbracciata, le ha detto che il pranzo era stato il regalo piú bello di tutti. Lei gli ha dato un bacio sulle guance e lo ha accarezzato vicino agli occhi. Siamo rimasti per un po' a parlare di come era andata la festa e delle cose che avevano preparato le nonne. Per la prima volta da quando mamma era tornata in Romania e Manuel si era risvegliato dal coma, ho sentito che forse non eravamo solo dei sopravvissuti. Forse qualcos'altro ancora c'era. Forse un modo per stare ancora bene assieme esisteva, bisognava solo capire quale.

Mio fratello ha acceso la luce, un vecchio portalampada di plastica che papà non ha mai sostituito. Ci siamo appoggiati le giacche sulle spalle perché era calata l'umidità.

– Puoi lasciarci un momento da soli? – ha chiesto mamma a Radu.

Lui si è voltato verso di me senza capire, poi ha balbettato: – Va bene, certo.

– Che succede? – ho domandato indispettita. – Perché Radu non può rimanere?

– Solo un momento, per favore.

Radu ha detto che non c'era problema e si è incamminato verso il bar. La busta coi soldi è rimasta sul tavolo.

– Cosa ci devi dire, mamma?

– Mi hanno chiamata da Milano, Oreste sta morendo, – ha detto parlando lentamente. – Vorrei andare a salutarlo un'ultima volta.

– Vuoi partire ancora? – ho chiesto incredula.

– C'è un aereo domani sera alle nove.

– E quando torni? – le ha domandato Manuel con voce ostile.

– Presto.

Io e mio fratello ci siamo guardati. Siamo rimasti in silenzio e nessuno dei due aveva il coraggio di dire quello che stava pensando.

– Perché non vieni con me? – gli ha chiesto mamma. – Il dottor Petran ha detto che puoi prendere l'aereo.

Manuel ha disteso il braccio in avanti e fatto no con la testa e la mano. Senza chiedere permesso si è acceso un'altra sigaretta e mamma non ha osato dirgli niente.

– Potresti aspettare qualche giorno con lui? – ha detto rivolgendosi a me.

– Non c'è bisogno, – si è affrettato a rispondere Manuel. – C'è la nonna. E poi me la so cavare da solo.

– Hai già fatto il biglietto? – le ho domandato.

– Sí.

Fosse stata un'altra persona avrei pensato che scherzasse, ma mamma non scherza mai.

Manuel scrollava la cenere in un piatto pieno di bucce di frutta secca. Quando ha finito di fumare si è alzato di scatto e per un attimo mi ha fatto di nuovo paura. È entrato in casa ed è tornato fuori col boomerang rosso, quello che avevamo ritrovato in mansarda il giorno che papà se n'era andato.

– Perché non vieni con me? – gli ha chiesto di nuovo mamma.

– Vieni tu con me, – ha risposto Manuel prendendola sottobraccio e facendo cenno anche a me di seguirlo sulla strada di ghiaia.

– Lo sai tirare? – ha chiesto a mamma.

– Non credo.

– Io non posso lanciarlo, mi fa male la spalla.

– Guarirà.

Manuel ha fatto una smorfia per dire che non gli importava.

– Torna indietro, lo sai? – le ha detto mettendoglielo a un centimetro dalla faccia.

– Sí, lo so.

Manuel allora gliel'ha passato, piegando le dita di mamma perché lo impugnasse forte.

– Avanti, lancialo.

– Ma non sono capace...

– Coraggio Moma, tiralo, e poi cerca di riprenderlo.

Mamma era stordita, Manuel le ha stretto le braccia e l'ha aiutata a mettersi in posizione.

– Ma perché devo tirarlo?

– Avanti, tiralo!

Mamma stava per rifargli quella domanda ma si è trattenuta. Poi, appena prima che Manuel si spazientisse, l'ha lanciato e per lo sforzo le è uscito un urlo strozzato.

Il boomerang è partito, fendeva l'aria come una rondine. Quando ha girato per tornare indietro sembrava che tagliasse le nuvole, macchiate di arancione in quel tramonto di fine estate. Io ho chiuso gli occhi per non guardare.

– Sta arrivando! – ha gridato Manuel.

– Dài mamma! – ho gridato anch'io mentre sentivo tutto il corpo sollevarsi.

Lei si è piegata in avanti, ha scaricato il peso prima su una gamba, poi sull'altra. Ha disteso le braccia in aria, ha aperto le mani, ha spalancato gli occhi, e poi è saltata. È saltata come fosse ancora quella ragazza che non ho mai conosciuto. E per poco non lo prendeva davvero.

Nota

Da trent'anni a questa parte, due terzi dei migranti del pianeta sono donne. Eppure, nonostante questo dato di fatto, si continua a parlare di migrazione come una questione essenzialmente maschile. Come se il mondo fosse ancora quello del dopoguerra, in cui migliaia e migliaia di braccia venivano usate per le miniere, i campi, le fabbriche. Le donne di oggi, invece, sono in movimento come mai prima nella Storia perché la parte piú benestante del mondo, che è anche la piú vecchia, determina flussi migratori essenzialmente femminili. L'Occidente, dopo aver fatto incetta di manodopera e di risorse, va sempre piú a caccia di cure e cosí – se le braccia servono prima di tutto ad accudire gli anziani, i bambini, i malati – si preferiscono braccia di donne.

Ognuno di noi ha a che fare, direttamente o no, con queste figure: le lavoratrici domestiche entrano negli aspetti piú intimi delle nostre famiglie, in una dimensione inedita, che cancella la differenza tra luogo di lavoro e abitazione, visto che molte di loro convivono con gli assistiti affiancandoli giorno e notte.

Ho voluto raccontare la storia di una migrante dei giorni nostri, una donna che consente a quelli come me di proseguire coi propri ritmi di vita senza grandi rinunce, affidando ad altri il peso della cura dei corpi e delle menti piú fragili.

La genesi di questo romanzo ha avuto una precisa evoluzione di cui mi interessa rendere conto. Inizialmente volevo scrivere di una donna che lascia la propria famiglia e il proprio Paese in cerca di un lavoro stabile che può trovare solamente all'estero. Ciò mi avrebbe permesso di ricostruire il suo mondo di provenienza e quello di arrivo, di analizzare la sua umanità e la sua vita quotidiana. Ancora: mi avrebbe dato modo di descrivere le conseguenze psicologiche e sociali di questa condizione lavorativo-esistenziale. Gli psichiatri dell'Est Europa chiamano davvero il burnout delle collaboratrici domestiche «Mal d'Italia» (o «Sindrome Italia»). Il Paese dove sono nato, dunque, per l'alto numero di anziani, dà altrove il nome a una patologia che riguarda l'usura dell'equilibrio psicofisico di milioni di donne. Sono loro, infatti, a occuparsi di gestire alcune complicate malattie come l'Alzheimer o il Parkinson. Una sofferenza che è sotto gli occhi di tutti, ma di cui fatichiamo a parlare.

Tutto questo, però, dopo che sono andato in Romania e ho visitato le scuole e le comunità per i bambini e i ragazzi *left behind* (orfani bianchi, detti anche *children home alone*), non mi è piú bastato. Se la migrazione è essenzialmente composta da madri, vuol dire che l'ultimo anello della catena sono proprio i figli di quelle madri, lasciati nei casi piú fortunati a nonni, zii, parenti o a chi capita, ad esempio a enti che se ne occupano con le risorse di cui dispongono (generalmente poche). Questa constatazione, pure cosí semplice, non mi ha lasciato scampo: la mia storia doveva avere come protagonisti anche i figli. È nato cosí un romanzo familiare a tre voci, in cui ciascun membro compie le sue scelte, subisce quelle altrui e rivendica le proprie necessità, i propri traumi, le proprie aspirazioni.

Se la migrazione di queste donne comporta generalmente un miglioramento delle condizioni economiche della famiglia, il prezzo piú alto si paga sul piano affettivo e relazionale, sulla ridefinizione della propria identità e, soprattutto, sull'allontanamento dai figli. Un paradosso che spinge a partire e a scombinare le prospettive accettando, nella maggior parte dei casi, un lavoro non in linea con i propri studi e le proprie ambizioni. Queste migranti, infatti, sono in possesso di titoli di studio medio-alti; in patria, seppure malpagate, svolgevano le tipiche professioni della classe media. A ciò si aggiunge, nel tempo, la difficoltà di mutare l'assetto economico e familiare che queste donne con la loro partenza mettono in piedi, rendendo il traguardo del ritorno a casa sfuggevole o addirittura chimerico.

Se per entrare nelle storie di queste madri è stato fondamentale studiare il fenomeno, confrontarsi con storici, politologi, sociologi e intervistare diverse badanti, per conoscere il mondo degli orfani bianchi è stato invece indispensabile viaggiare con Silvia Dumitrache, presidente dell'Associazione Donne Rumene in Italia (ADRI), che mi ha portato, tra i tanti posti, all'Institutul de Psihiatrie «Socola» a incontrare la dottoressa Petro Craciun-Nechita per conoscere meglio la condizione delle donne affette da Mal d'Italia, al Centrul Diecezan Caritas di padre Egidiu Condac, dandomi modo di avvicinarmi al disagio di molti minori che patiscono in prima persona le conseguenze di questa migrazione transnazionale.

Una storia prima di raccontarla bisogna saperla ascoltare: le parole di quelle donne, di quei bambini e di quei ragazzi sono il seme da cui è nato questo libro. Scriverlo è stato per me un tentativo di risarcimento.

M. B.

Ringraziamenti.

Grazie a Silvia Dumitrache, agli educatori di comunità, gli insegnanti, i medici, i bambini e i ragazzi che ho incontrato in Romania. Raccontare una storia vuol dire trasfigurare e io l'ho fatto partendo dalle parole, dai gesti e dall'accoglienza che ho ricevuto da tutti loro.

Grazie agli amici che hanno letto e riletto queste pagine: in primis, per la pazienza e l'instancabile senso critico, Irene Barichello e Francesco Pasquale. Grazie a Laura Cerutti, Alberto Cipelli, Davide Gulotta, Alberto Rollo e Alberto Schiavone. L'intelligenza e la cura che hanno verso i miei progetti Paola Gallo e Marco Peano sono per me una risorsa enorme, come il sostegno di Piergiorgio Nicolazzini.

Grazie infine ad Anna, Caterina e Riccardo che non mi fanno mai perdere nelle parole.

Indice

p. 3 *Parte prima*
Dove sei

41 *Parte seconda*
Lontana

155 *Parte terza*
Boomerang

193 *Nota*

199 *Ringraziamenti*

Stampato per conto della Casa editrice Einaudi
presso ELCOGRAF S.p.A. - Stabilimento di Cles (Tn)
nel mese di marzo 2021

C.L. 24727

Ristampa								Anno			
0	1	2	3	4	5	6		2021	2022	2023	2024